Impressum

Bibliografische Information der Deutschen Nationalbibliothek: Die Deutsche Nationalbibliothek verzeichnet diese Publikation in der Deutschen Nationalbibliografie; detaillierte bibliografische Daten sind im Internet über www.dnb.de abrufbar.

© 2015 Waltraut Lang
© Coverbild www.pixabay.com
Herstellung und Verlag:
BoD - Books on Demand, Norderstedt

ISBN 9783738630732

Inhalt

Impressum 1

Wie alles Anfing 3

Schatten der Vergangenheit 14

Geheimnis unter der Erde 81

Spuren im Sand 133

Die Geschichte einer Stadt 163

Der Brand 225

Nachwort 252

Wie alles Anfing

Und schon wieder ist ein Tag ohne meinen Eric vergangen', dachte Mrs. Miller, als sie sich dabei ertappte, zum wiederholten Male zur Uhr zu schauen. Nun ist er schon fast ein halbes Jahr tot, und ich habe mich immer noch nicht an den Gedanken gewöhnt. Um diese Zeit ist er sonst immer voller Vorfreude auf einen schönen gemeinsamen Abend nach Hause gekommen'. Müde ließ sie sich in ihren gemütlichen Schaukelstuhl nieder. Ihr Blick glitt durch das Wohnzimmer, in dem einfach Alles an ihr nun vergangenes, erfülltes Leben mit Eric und den gemeinsamen Kindern John, Josephine und Paul erinnerte. Zuerst fiel ihr Blick auf das Hochzeitsfoto, das Eric in seiner Uniform als frischgebackenen Airforce-Captain und sie ganz in Weiß zeigte. Das Leben mit Eric war nie langweilig gewesen. Wenn man sich gerade an einen

Stützpunkt gewöhnt hatte, erfolgte schon wieder eine Versetzung und es hieß, einen weiteren Umzug vorzubereiten. Auf diese Art und Weise hatten sie fast das gesamte Gebiet der Vereinigten Staaten kennengelernt.
Zuletzt war Eric als Flugausbilder nach Fort Worth versetzt worden und hier war sie dann auch nach seinem Tod geblieben.
Auf der Kommode standen die Bilder, die die Kindheit ihrer Kinder liebevoll in allen Einzelheiten dokumentierten.
Ja, wie doch die Zeit vergeht. Das konnte man wirklich nicht verleugnen, wenn man sich die letzten Bilder, die kurz vor Erics Tod anlässlich der Hochzeit ihres ältesten Sohns John gemacht worden waren, ansah.
John, 25 Jahre alt, war in die Fußstapfen seines Vaters getreten und zur Airforce gegangen. Inzwischen hatten seine Frau Julia und er sie sogar schon zur Großmutter eines aufgeweckten Zwillingspärchens gemacht.
Ihr jüngster Sohn, Paul, 20 Jahre alt, war bei einem Filmstudio als Regieassistent tätig und wohnte in Los Angeles.

Ihre Tochter, Josephine, 22 Jahre alt, wohnte noch zuhause und arbeitete als Sekretärin bei der örtlichen Filiale der berühmten Pinkerton-Detektiv-Agentur. Josephine wollte aber mehr als nur die Sekretärin eines Detektivbüros sein, sie wollte selber Detektivin werden. Es hatte sie einiges an Überredungskunst gekostet, aber schließlich war ihr Chef einverstanden gewesen, sie nebenbei als Detektivin auszubilden unter der Bedingung, dass ihr jetziger Job als seine Sekretärin nicht darunter leiden würde. Daher hatte Josephine auch alle Hände voll zu tun und stets wenig Zeit. Wenn sie nach Hause kam, dann nur um etwas zu essen und sich anschließend zu Studienzwecken in mitgebrachte Akten zu vertiefen.

Aber Mrs. Miller hatte vollstes Verständnis für den Eifer ihrer Tochter, denn sie selbst war stets an dem großen Feld der Kriminalistik interessiert gewesen. Dies wurde sofort ersichtlich, wenn man die große Sammlung an Kriminalromanen und Veröffentlichungen aus den Sachgebieten der Kriminalistik und der Gerichtsmedizin, die sich in ihrem Besitz befanden, und die die Regale an den Wänden füllten, betrachtete.

Plötzlich schreckte Mrs. Miller aus ihren Gedanken hoch. Die Haustür fiel ins Schloss.

„Bist Du es, Liebling", rief sie aus.

„Ja, Mutter. Können wir gleich essen? Du weißt, ich habe noch viel zu tun. Aber vorher habe ich Dir auch noch viel zu erzählen. Du glaubst gar nicht, was wir heute für einen Fall hatten!"

Gemeinsam deckten sie den Tisch.

„Weißt du", fuhr Josephine fort, „mein Chef wurde von der Zollbehörde des Flughafens um Mithilfe gebeten da man in einem aufgeplatzten Koffer eine große Menge an Rauschgift gefunden hat. Glücklicherweise werden die Nummern der Koffer auf den jeweiligen Flugscheinen notiert, und da war es nicht schwer, den Besitzer des Koffers ausfindig zu machen. Der Mann, auf dessen Flugticket insgesamt drei Koffer verzeichnet waren, stritt jedoch ab, den Koffer mit dem

Rauschgift jemals gesehen zu haben. Verständlicherweise! Er behauptete steif und fest, dass es sich um ein Versehen handeln müsste, da er nur einen Koffer mitgebracht hätte."

„Alles schön und gut", unterbrach Mrs. Miller ihre Tochter, „aber warum hat man Deinen Chef und nicht die Polizei zu Hilfe gerufen?"

„Oh, das liegt daran, dass das Rauschgiftdezernat in Dallas für alle Delikte, die mit Rauschgift zu tun haben, zuständig ist. Trotz sofortiger Benachrichtigung dieser Dienststelle kann jedoch erst morgen ein Beamter auf dem Flugplatz eintreffen. Um keine Zeit zu verlieren, hat sich der Chef der Zollbehörde, der übrigens ein sehr guter Freund meines Chefs ist, an unser Büro gewandt mit der Bitte um Mithilfe. Du weißt ja, Beweise müssen möglichst sofort sichergestellt werden und es darf dem Verdächtigen keine Zeit gegeben werden, etwas zu beseitigen oder zu vertuschen. Ferner ist allgemein bekannt, dass unsere Leute eine der Polizeiausbildung vergleichbare Ausbildung erhalten.

Mr. Baker, mein Boss, fand, dass dies eine gute Gelegenheit für mich wäre, die Ermittlungsmethoden an Ort und Stelle kennenzulernen."
„Da wäre ich zu gerne dabei gewesen", seufzte Mrs. Miller. „Aber erzähl weiter, konntet Ihr Mr. Bakers Freund denn wenigstens helfen?"
„Ich denke schon. Als wir auf dem Flughafen ankamen, wurden wir gleich in einen kleinen Raum geführt, in dem der Verdächtige seit seiner Verhaftung durch die Flughafenpolizei unter strengster Bewachung stand. Mr. Battenrouge, der Leiter der Zollbehörde, stellte uns den finster dreinblickenden Mann als Mr. Khan vor. Ich höre noch jetzt Mr. Bakers ruhige, redegewandte Stimme:
„Mr. Khan, Sie wissen, dass Sie beschuldigt werden, mit dem Koffer, Gepäcknummer 7115 Rauschgift nach Deutschland schmuggeln zu wollen. Da Sie leider nicht geständig und die Gepäckscheine anscheinend verschwunden

sind, können wir Ihnen die nun folgende Prozedur nicht ersparen. Fangen wir zunächst damit an, dass Sie Ihre Taschen leeren und den gesamten Inhalt vor sich auf den Tisch legen."

Mr. Baker, die Ruhe selbst, wie immer bei solchen Untersuchungen, war nicht sehr überrascht, dass die gesuchten Gepäckscheine nicht sogleich zum Vorschein kamen.

„Das werden Sie noch bereuen. Ich hatte einen wichtigen Termin in Frankfurt und werde Sie persönlich haftbar machen, wenn ich durch das Verpassen meines Fluges geschäftliche Verluste erleide", schimpfte Mr. Khan wütend.

Doch die Anwesenden fuhren ungerührt in ihren Bemühungen, die Gepäckscheine zu finden, fort.

Als nächstes musste Mr. Khan die Leibesvisitation durch einen Beamten der Flughafenpolizei über sich ergehen lassen. Aber die gesuchten Gepäckscheine waren auch nach der eingehenden Durchsuchung der Kleidungsstücke des Verdächtigen nach wie vor unauffindbar.

Also versuchte Mr. Baker es mit einem Bluff. „Der Beamte am Gepäckannahmeschalter hat Sie einwandfrei als denjenigen identifiziert, der ihm die drei Koffer anvertraut hat. Leugnen hat also gar keinen Sinn. Wollen Sie nicht doch lieber ein Geständnis ablegen? Wenn Sie Reue zeigen und mit uns zusammenarbeiten, wird der Richter das ganz bestimmt zu Ihren Gunsten auslegen."

Aber es half alles nichts. Mr. Khan wusste sehr wohl, dass eine Verurteilung nur dann erfolgen würde, wenn man ihm anhand der verschwundenen Gepäckscheine den Besitz des betreffenden Koffers nachweisen könnte. Andernfalls würde das Prinzip 'Im Zweifel für den Angeklagten' zum Tragen kommen, denn bei der auf seinem Flugschein verzeichneten Nummer konnte es sich durchaus um einen Schreibfehler handeln.

Aber Mr. Khan wäre nicht der Chef unserer Pinkerton-Filiale geworden wenn er so schnell aufgeben würde. Wo könnte der Verdächtige die beiden Gepäckscheine versteckt haben? Viel Zeit konnte er ja nicht gehabt haben, diese verschwinden zu lassen. Der Beamte war die ganze Zeit bei ihm gewesen. Aber es ist ja menschlich, dass man sich nicht die ganze Zeit auf einen Punkt konzentrieren kann und dass man vielleicht mal einen kurzen Moment wegsieht. Als nämlich alles nichts half, musste der Beamte, der Mr. Khan die ganze Zeit bewacht hatte, zugeben, dass die Möglichkeit bestand, dass er sich bei einem Geräusch aus der Richtung der Zimmertür umgedreht hatte. Und dieser kleine Moment könnte durchaus genügt haben.

Also wurden als Nächstes sämtliche Schubladen in dem Raum untersucht, die sich in Greifnähe des Verdächtigen befanden. Die Oberflächen der Schreibtische wurden einer genauen Prüfung unterzogen. Selbst die an der Wand hängenden Bilder wurden abgenommen und umgedreht.

Zuletzt kam Mr. Baker der rettende Gedanke: Ihm war aufgefallen, dass Mr. Khan ziemlich

lange Haare hatte, die er mit einem Gummiband zu einem Pferdeschwanz zusammengefasst hatte. Ob bei der Leibesvisitation wohl auch die Haare genauer untersucht worden waren? Das galt es nun herauszufinden.
Er näherte sich Mr. Khan, hob den Pferdeschwanz leicht an und – siehe da! Ein kleiner weißer Zipfel kam zum Vorschein. Nun war es ein Leichtes, daran zu ziehen und hervor kamen die beiden verschwundenen Gepäckscheine!"
„Was für ein originelles Versteck", rief Mrs. Miller aus, „und wie aufregend doch das Leben eines Privatdetektivs ist."
„Ja", stimmte Josephine ihr zu. „Und weißt Du was, Mr. Baker hat mir versprochen, mich morgen zu einem Treffen mit FBI-Beamten nach Dallas mitzunehmen. Diesmal hat das FBI ihn mit Nachforschungen beauftragt, und so wie es sich anhörte, wird der nächste Fall sogar noch aufregender werden. Da wir schon sehr früh aufbrechen müssen, möchte ich mich nur noch schnell darauf vorbereiten und

dann ganz früh zu Bett gehen. Aber ich verspreche dir, dich auch weiterhin über meine Erlebnisse auf dem Laufenden zu halten. Gute Nacht, Mama."
Mit diesen Worten eilte sie schnell die Treppe hinauf.

Schatten der Vergangenheit

Seit einer Woche hatte es in Isle of Peace bereits geregnet, und das so kurz vor Ostern. Alle Einwohner hofften, dass nicht sämtliche Pläne für Ostern wegen dieses schlechten Wetters sozusagen ins Wasser fallen würden. Aber dann wendete sich doch noch alles zum Guten. Karfreitag zog die Sonne wieder am Himmel auf. Daher beschloss Mrs. Miller, das gute Wetter auszunutzen und einen gemütlichen Spaziergang zu machen, denn wer konnte schon wissen, wie lange es anhalten würde. Ihre beste Freundin, Prudence Brimsy, war natürlich mit von der Partie.
Ihr Ziel war die Prachtstraße von Isle of Peace „Avenue of the Glorious Past" oder auch „Allee der glorreichen Vergangenheit" genannt.
Isle of Peace ist, wie bereits erwähnt, ein sehr ruhiger und friedlicher Ort. Aber nirgends spürt man diese Atmosphäre des Friedens und der Ruhe mehr als hier, in der Allee der

Glorreichen Vergangenheit. Sogar die Straße war im alten Zustand belassen worden. Das Kopfsteinpflaster mochte zwar für die meisten Autofahrer eine Qual sein, aber es rundete das Gesamtbild gekonnt ab, so dass man das Gefühl hatte, als wäre die Zeit stehengeblieben. Knorrige alte Eichen säumten beide Seiten der Straße. Alle Häuser waren alt, sehr alt sogar, sozusagen Schmuckstücke aus den frühen Tagen, die von ihren Bewohnern liebevoll gepflegt wurden. Das Besondere an ihnen war, dass sie in all ihrer Pracht doch Einfachheit und Würde ausstrahlten. Sie lagen offen da, die Front der Straße zugewandt, und alle hatten sie einen kleinen Vorgarten. Mit ihren restaurierten Giebelfenstern und den Balkonen aus kunstvoll geschmiedetem Eisen wirkten sie auf jeden Besucher von Isle of Peace anheimelnd und zugleich vornehm.

„Prudence, ich weiß nicht, ob Du mich verstehst, aber als ich das erste Mal hierher kam, um die Tochter einer Freundin zu besuchen, da fühlte ich mich bereits zu diesem Ort hingezogen. Es war Liebe auf den ersten Blick. Maggie, sagte ich mir, hier und nur hier möchtest Du Deinen Lebensabend verbringen. Weißt Du, was mich besonders beeindruckt hat: Die Vielfalt der verschiedenen Stilrichtungen, die hier vertreten sind. Ich war erstaunt, dass man hier ein Fachwerkhaus aus Deutschland neben einem Haus aus England zur Zeit Königin Viktorias finden kann. Und alle Stilrichtungen passen so gut zueinander, dass man meint, es gehört so. Diese Toleranz in den Stilrichtungen der Häuser findet sich auch im Verhalten der Menschen zueinander wider. Alle leben einträchtig beieinander, ob sie nun deutsche, griechische, russische, englische oder französische Vorfahren hatten. Hier kann jeder nach seiner Fasson glücklich werden, und das war für mich wichtig, denn ich lasse mich nicht gerne in Konventionen zwingen. Ich lebe am Liebsten frei und ungebunden, und es gefällt mir, wenn ich tun und lassen kann, was ich will."

„Es freut mich, dass es Dir bei uns so gut

gefällt, Maggie. Wir haben Dich inzwischen alle sehr lieb gewonnen und möchten Dich auch nicht wieder verlieren."

Schweigend gingen die beiden Frauen eine Weile nebeneinander her, ganz in die Betrachtung der blühenden Pracht zu beiden Seiten versunken. Wohin sie auch blickten, überall kündeten blumige Boten davon, dass der Frühling Einzug gehalten hatte. Ein Meer von Krokus- und Osterblumen sowie Stiefmütterchen war in allen Vorgärten zu sehen. Die Blumen bildeten einen wunderbaren Kontrast zu den liebevoll in den verschiedensten hellen Farben gestrichenen Häusern.

Auf einmal rief Mrs. Miller: „Prudence, warte doch mal. Sieh mal, das Grundstück dort drüben, das mit den Ulmen. Die sind so hoch, dass sie bestimmt uralt sein müssen. Wie oft bin ich hier schon entlang gegangen in dem halben Jahr, das ich jetzt schon hier lebe. Aber ich hatte noch nie die Gelegenheit, das Haus zu sehen, das zu dem Grundstück gehört. Leider kann man es von der Straße

nicht einsehen. Meinst du, dass der oder die Besitzer etwas dagegen hätten, wenn ich mir das Grundstück mal näher ansehen würde?"
„Ich denke nicht, Maggie. Dort lebt die alte Mrs. Green. Sie ist schon seit sehr langer Zeit Witwe und ihr einziger Sohn ist in Vietnam gefallen. Da ihr nach dem Tod ihres Mannes gerade noch genug Geld für ihren eigenen Lebensunterhalt blieb, musste sie alle Hausangestellten entlassen. Seitdem lebt sie allein in dem großen Haus, das früher übrigens das Herrenhaus einer großen Plantage war. Ich denke, dass sie sich bestimmt über unseren Besuch freuen wird."
Durch ein schmiedeeisernes Tor gingen sie einen breiten Weg zum Haus hinauf. Der Weg war von Bäumen mit ausladenden Ästen gesäumt, deren Zweige sich von beiden Seiten verschränkten und über dem Weg ein dichtes Blätterdach formten. Endlich erblickte Mrs. Miller das Haus. Es war groß und einladend, aber im Gegensatz zu den anderen Häusern der Alle der Glorreichen Vergangenheit war das Haus nicht im besten

Zustand. Die Farbe begann bereits von der Fassade des Eingangstors abzublättern und die Fensterrahmen konnten auch mal wieder einen Anstrich gebrauchen. Aber auch an den roten, naturbelassenen Ziegelsteinmauern war der Zahn der Zeit nicht spurlos vorüber gegangen, denn selbst die beinahe unverwüstlichen Backsteine zeigten schon Anzeichen von Verwitterung. Durch das auf den Betrachter bombastisch wirkende Eingangsportal, dessen Giebeldach von sechs weißen Marmorsäulen getragen wurde, gelangten sie an die Eingangstür und klingelten.

Wie Prudence Brimsy vorausgesagt hatte, war Elizabeth Green hocherfreut, Mrs. Miller und Mrs. Brimsy zu sehen.

„Hallo Liz, ich hoffe, wir stören nicht. Aber meine Freundin, Mrs. Miller, interessiert sich sehr für Dein Haus und das Grundstück. Würde es Dir was ausmachen, wenn sie sich alles näher anschaut?"

„Keineswegs, ich fühle mich geehrt, dass Sie sich für mein bescheidenes Haus interessieren, Mrs. Miller. Aber wollen Sie und Prudence nicht erst einmal eine Tasse Kaffee mit mir trinken?"

„Meine Freunde nennen mich Maggie, Mrs. Green. Ich würde mich freuen, wenn Sie mich auch so nennen würden, denn ich hoffe, dass wir beide auch bald Freundinnen sein werden. Und, was die Einladung zum Kaffee angeht, die nehme ich gerne an."

„Freut mich, dass Ihr meine Einladung annehmt, und für meine Freunde heiße ich Liz, das ist die Kurzform von Elizabeth. Aber lasst uns doch reingehen!"

„Bedaure, Liz. Ich kann leider nicht zum Kaffee bleiben. Schade, aber es gleich vierzehn Uhr, und ich muss die Bücherei wieder aufmachen. Also muss ich Euch alleine lassen, so Leid es mir auch tut. Aber ich wünsche Euch viel Spaß. Wir werden uns morgen Abend beim Osterfeuer bestimmt wiedersehen. Macht's gut, Ihr beiden!"

So bleiben Maggie Miller und Elizabeth Green alleine zurück. Die beiden Frauen waren sich auf Anhieb sympathisch. Es war, als würden sie sich schon eine Ewigkeit kennen. Hier hatten sich zwei gesucht und gefunden. Es bestand gewissermaßen eine Seelenverwandtschaft zwischen den beiden. Beim gemütlichen Kaffeetrinken hatten sie ausgiebig Gelegenheit, über alle möglichen, für sie interessanten Themen zu sprechen. Beide waren sie verwitwet, und sie vermissten ihren Mann, der der Mittelpunkt ihrer beider Leben gewesen war, sehr. Aber dies war nicht die einzige Gemeinsamkeit, die sie entdeckten. Maggie Miller hatte eine Zeit lang mit ihrem Mann in Deutschland gelebt, als er in Frankfurt stationiert war, und sie war erfreut zu hören, dass Liz gebürtige Deutsche war, und dass sie nun jemand haben würde, mit sie Erinnerungen an ihre Zeit in Deutschland, an die sie immer gerne zurückdachte, austauschen könnte. Liz erzählte ihr, dass sie zusammen mit ihrem Mann und ihrem damals zweijährigen Sohn Hand im Jahr 1939 aus Nazi-Deutschland flüchten musste, weil sie Juden waren. Darüber war sie sehr verbittert gewesen, aber inzwischen hatte die Zeit die

Wunden geheilt, und sie war genauso erfreut wie Maggie, dass sie nun mit jemandem über ihre alte Heimat sprechen konnte. Die beiden Frauen waren so sehr in ihr Gespräch vertieft, dass sie gar nicht gemerkt hatten, wie spät es inzwischen geworden war. Es war zwanzig Uhr und draußen fing es bereits an, dunkel zu werden als Mrs. Miller auf ihren ursprünglichen Wunsch, das Grundstück und das Haus näher betrachten zu dürfen, zurückkam.

Gerne führte Liz ihre neue Freundin herum. Maggie war beeindruckt. Allein im Erdgeschoss waren zehn Räume. Über eine breite, nach oben schmaler zulaufende Treppe mit einem kunstvoll geschwungenen Geländer gelangten sie in das Obergeschoss mit ebenso vielen Räumen.

„Zwanzig Zimmer! Also sag mal, Liz, ist das Haus für Dich alleine nicht viel zu groß? Ich jedenfalls würde mich hier auf die Dauer einsam fühlen."

„Leider fühle ich mich tatsächlich einsam, aber nicht um viel Geld der Welt würde ich dieses Haus aufgeben. Hier bin ich mit meinem Mann Harry und unserem Sohn glücklich gewesen. Weißt Du, als wir nach Amerika kamen, da war es anfangs sehr schwer, unseren Lebensunterhalt zu verdienen. Aber Harry war ein guter Tischler, und nach schweren Entbehrungen schaffte er endlich den Durchbruch. Und wie Du siehst, haben wir uns dann nach weiteren zehn Jahren dieses wunderschöne Haus kaufen können. Es steht für all die Träume, die wir jemals gehabt haben und dafür, dass man mit einem starken Willen alles erreichen kann, was man will. Nein, das Haus werde ich niemals hergeben. Mit der Zeit musste ich mich schon von viel zu vielen Dingen trennen, die mir lieb und teuer geworden waren. Wie es ebenso geht, ich war finanziell nicht gerade gut gestellt nach Harrys plötzlichem Tod. Siehst Du diese Gemälde, die überall an den Wänden hängen? Jetzt sind es nur noch Kopien, die ich anfertigen ließ, um mich über den Verkauf der echten Gemälde hinwegzutrösten. Alles sollte zumindest noch den Anschein erwecken, als ob sich nichts verändert hätte. Und die meisten Zimmer hier werden natürlich auch nicht mehr benutzt. Da ich meine Dienstboten aus Geldmangel auch entlassen musste, und ich allein es nicht schaffte, im ganzen Haus für Ordnung zu sorgen, habe ich die Möbel in den nicht genutzten Räumen zum Schutz mit Planen abgedeckt. Ich hoffe nur, dass ich sie behalten kann und dass ich mich nicht irgendwann gezwungen sehe, auch sie zu verkaufen. Du musst wissen, dass Harry sie alle selbst gefertigt hat."

„Mach Dir nur jetzt noch keine Sorgen. Lass Dir gesagt sein, dass ich immer für Dich da sein werde, wenn Du Probleme hast. Ich werde ganz bestimmt mein Bestes tun, um dir zu helfen."

„Ich danke Dir, Maggie. Obwohl wir uns heute erst kennengelernt haben, habe ich Dir Sachen erzählt, über die ich bis jetzt mit niemandem sprechen konnte. Aber ich habe das Gefühl, dass ich Dir vertrauen kann. Ich danke Dir dafür, denn es hat mir gut getan,

Dir mein Herz auszuschütten."

„Wie ich bereits sagte, ich werde immer ein offenes Ohr für dich haben, wenn Du Sorgen hast oder wenn Du auch nur mit jemandem reden möchtest. Aber nun muss ich wohl nach Hause. Ich denke, dass es für eine Besichtigung des Parks sowieso zu spät geworden ist. Sieh mal, man kann draußen nicht einmal mehr die Auffahrt erkennen. Aber, wie heißt es doch so schön: Aufgeschoben ist nicht aufgehoben. Das können wir ja nachholen wenn ich Dich nächstes Mal besuchen komme. Ach, beinahe hätte ich es vergessen: Wie wäre es, hättest Du nicht Lust, Ostersonntag bei mir zu verbringen? Weißt Du, dies ist das erste Osterfest, das ich nicht gemeinsam mit meiner Tochter verbringe, und es würde mir sehr helfen, wenn Du kommen würdest und ich nicht alleine bleibe, sagen wir gegen fünfzehn Uhr?"

„Wenn das so ist, Maggie, dann komme ich natürlich gerne. Also bis Sonntag dann."

Am nächsten Morgen, dem Samstag vor

Ostern, wurde Mrs. Miller von der Vorfreude auf das Osterfest, die überall in Isle of Peace zu spüren war, regelrecht angesteckt. Eigentlich hatte sie nicht vorgehabt, ihr Haus irgendwie österlich zu schmücken. Für wen denn auch? Ihre Tochter konnte aus Fort Worth nicht weg, und ihre Söhne hatten auch keine Zeit, sie zu besuchen. Aber als sie durch die Straßen schlenderte und alle damit beschäftigt waren, kleine selbstgefertigte Osterbäume, die sie mit ausgeblasenen, kunstvoll verzierten Eiern geschmückt hatten, in ihre Vorgärten zu pflanzen, da konnte sie nicht widerstehen. Sie kaufte sich einen Strauß Weidenkätzchen, suchte ihre beste Vase heraus und schmückte die Weidenkätzchen mit bemalten Eiern. Das Ergebnis war ganz allerliebst und genau der richtige Tischschmuck.

Abends traf sich dann ganz Isle of Peace zum großen Osterfeuer auf dem außerhalb der Stadt gelegenen Hügel. Ganz im Sinne der alten Bräuche hatten die Kinder schon lange vorher das Brennmaterial gesammelt. Und sie hatten auch dieses Jahr wieder gute Arbeit geleistet. Berge von Stroh und Holz waren dort aufgetürmt.

Mrs. Miller, die in Begleitung von Prudence Brimsy war, beobachtete erstaunt das Treiben, das sich vor ihr abspielte. Einige Kinder hatten Laternen mitgebracht, in die sie Kerzen gesteckt hatten. Sobald sie diese am Osterfeuer entzündet hatten, liefen sie davon.

Andere Jugendliche hielten die mitgebrachten Fackeln an langen Stangen in das Feuer und reihten sich dann in eine Prozession von Jugendlichen ein, die die Fackeln schwenkend um das Feuer herumtanzten und laut die Nationalhymne anstimmten.

„Warum sind die Kinder mit den Kerzen denn so schnell davongelaufen, Prudence? Wollen sie gar nicht mit uns weiterfeiern?"

„Weißt Du, Maggie, sie folgen einem alten Brauch, den Einwanderer einst aus Österreich mitbrachten. Am Karfreitag wurde das Feuer im Herd gelöscht und nun bringen die Mädchen und Buben die am Osterfeuer entzündeten Kerzen heim, um damit das

Herdfeuer wieder zu entzünden. Meine Mutter hat mir erklärt, dass dieser alte Brauch den ewigen Kreislauf des Lebens symbolisieren soll."

„Das ist ja wirklich hoch interessant. Der Brauch war mir bis jetzt unbekannt. Das erinnert mich an meine eigene Kindheit. Kannst Du Dir vorstellen, dass meine Eltern mir in dem Jahr, in dem ich zur Schule kommen sollte, am Karfreitag ein ganz besonderes Essen vorgesetzt haben? Ich sehe es noch vor mir, so als ob es gestern gewesen wäre. Meine Mutter backte Kekse in Form von Buchstaben. Dann nahm sie die Eier, die unsere Hennen an diesem Tag gelegt hatten, kochte diese und vermengte sie mit den klein gehackten Buchstaben. Damals sagte man, dass diese Speise das Lernen erleichtern und uns Kinder schlau machen würde."

„Was für ein netter Brauch, Maggie. Auch ich denke gerne an meine Kindheit und die mit meinen Eltern verbrachten Osterfeste zurück. Allerdings mussten wir am Samstag vor

Ostern immer zusehen, dass wir so lange wie möglich draußen spielten, denn in meinem Heimatort waren alle Mütter damit beschäftigt, das ganze Haus für Ostern zu scheuern, festlich aufzuputzen, Osterbrote zu backen und sonstige Vorbereitungen für den Ostersonntag zu treffen, und dabei konnten sie uns Kinder nicht gebrauchen. Aber wir wurden voll entschädigt, wenn wir abends im Kreise der Familie beim Eierbemalen zusammensaßen, und Vater und Mutter uns dann Geschichten aus ihrer Kindheit erzählten. Ja, das waren schöne Zeiten."

„Oh, sprecht ihr gerade über Osterbräuche?" fragte Elizabeth Breen, die gerade auf dem Hügel angekommen war. „Dazu kann ich auch etwas beitragen. Wisst Ihr, ich bin in Deutschland in Blankenese an der Elbe aufgewachsen. Dieses Osterfeuer hier ist nichts gegen die Feuer, die wir früher entzündet haben. Wir Kinder haben bereits ab Weihnachten Holz und Brennmaterial gesammelt und dann gemeinsam auf dem Sandstrand Holzstöße aufgebaut, die schon einmal höher als die Häuser werden konnten, denn immerhin wollte man ja die Nachbarskinder gerne übertrumpfen. Natürlich konnten wir es gar nicht abwarten, bis es endlich soweit war. Samstag vor Ostern wurde bei Einbruch der Dunkelheit der erste Holzstoß angezündet, dann folgten weitere an beiden Elbufern und flussaufwärts und flussabwärts, und schließlich war die ganze Elbe von den angefachten Feuern gesäumt. Wir sind dann immer mit unserem Boot an den Feuern vorbeigefahren, bis der letzte Funke erloschen war. Was für ein Erlebnis. Ich habe nirgends etwas Vergleichbares gesehen."

„Ja, die alten Zeiten sind leider vorbei, und Kindheitserlebnisse gehören doch zu den schönsten Erinnerungen, auch wenn wir es damals nicht so gesehen haben."

Es war ein schöner Abend. Nach dem gemeinsamen Essen und Trinken widmeten sich die jüngeren Einwohner von Isle of Peace verschiedenen Tänzen, während die älteren angeregte Gespräche führten. Gegen ein Uhr nachts verabschiedete Mrs. Miller sich von Mrs. Green, nicht ohne sie noch einmal an ihre Verabredung am Ostersonntag zu erinnern.

Am nächsten Morgen war Mrs. Miller schon früh auf obwohl sie erst so spät ins Bett gekommen war. Beim morgendlichen Spaziergang traf sie fast ganz Isle of Peace, denn es war Tradition, dass die Familien einen gemeinsamen Osterspaziergang unternahmen und dabei ihre neuen Kleider zur Schau stellten. Der Höhepunkt des Vormittags war jedoch der Kirchenbesuch mit der Weihe der mitgebrachten Speisen. Hier hatte man allerdings mit der Tradition gebrochen. Statt die geweihten Speisen zu verteilen, war es in Isle of Peace zu einer allseits beliebten Gewohnheit geworden, im Anschluss an den Gottesdienst ein gemeinsames Festessen zu veranstalten, bei dem die mitgebrachten Speisen dann verspeist wurden.

Dies war Mrs. Millers erstes Osterfest in Isle of Peace, und sie musste zugeben, dass sie auf das, was da kam, nicht gefasst gewesen war. Die dargebotenen Speisen reichten von Passcha und Kulitsch mit hartgekochten Eiern und geweihtem Salz, eine aus Russland stammende Osterspeise, safrangelbem Brot aus Schlesien, rotem Brot und Osterlebkuchen aus Österreich, Krem mit Ei und Brot sowie Ölkuchen aus Tirol, Pumpernickel aus Roggenmehl und Honig aus Franken, Kräuterpudding und Kreuzbrote aus England, Lammbraten und gebratenen Hühnern aus Wales, verschiedenen Brezelarten aus Norwegen und Finnland und Piroschka aus Ungarn. Aber auch so gewöhnliche Speisen wie Speck, Schinken, Wurst, Rauchfleisch, Osterbutter, Osterfladen, Leberpasteten, eingelegte Pilze und Rote Beete wurden aufgetischt. Selbst an den verschiedenen Formen der Backwaren konnte man erkennen, welch unterschiedlichen Völker hier in Amerika, dem Land der unbegrenzten Möglichkeiten, zu einem gemeinsamen Volk zusammengewachsen waren. Da gab es Kuchen in Form von

Osterhasen aus Tirol, in Form von Hähnen aus Österreich, in Form einer Osterhenne mit dem Osterei unter dem Flügel aus dem Schwarzwald, in Form eines Pelikans und einer Taube aus Korfu und in Form eines Frühlingsvogels mit Augen aus Wacholderbeeren aus der Schweiz.
In ihrem ganzen Leben hatte Mrs. Miller noch nie ein so von Traditionen geprägtes Osterfest verbracht. Das einzig Traurige dabei war, dass ihr Eric nicht dabei sein konnte. Wer sie näher kannte, wusste, dass sie noch lange nicht über den Tod ihres Eric hinweggekommen war, und dass sie ihn ganz besonders bei festlichen Anlässen vermisste.
Sie war nie ohne ihren Eric ausgegangen.
Aber ihre Freunde gaben sich große Mühe, sie beim kleinsten Anzeichen von Traurigkeit abzulenken und auf andere Gedanken zu bringen. Und so verging der Vormittag wie im Fluge geprägt von all den neuen Eindrücken.
Um fünfzehn Uhr kam Mrs. Green wie versprochen zu Mrs. Miller um den Nachmittag mit ihr zusammen zu verbringen.

Und wieder zeigte sich, dass die beiden Frauen wirklich vieles gemeinsam hatten. Als Mrs. Green die ganzen Bücher erblickte, die Mrs. Miller im Laufe der Jahre zusammengetragen hatte, da konnte sie einen Ausruf des Entzückens nicht unterdrücken.

„Wer hätte das gedacht! Du scheinst so ziemlichen dieselben Bücher zu lesen wie ich. Autoren wie Victoria Holt und Jude Deveraux, wie wunderbar – und einige kenne ich sogar noch nicht. Wo hast du bloß all diese Ausgaben aufgetrieben? In unserer Bibliothek sind sie leider nicht verfügbar. Prudence hat nämlich nur beschränkte Geldmittel für den Neuankauf von Büchern zur Verfügung, und das ist wirklich schade."

„Kein Problem, Liz. Du kannst dir gerne meine Bücher ausleihen."

„Oh wirklich, du bist ein Schatz, Maggie. Ich hatte sogar schon daran gedacht, mir diese Bücher zu kaufen, aber leider habe ich ja gerade genug Geld zum Überleben, da kann ich mir so einen Luxus wie eigene Bücher nicht leisten. Dabei sind Bücher seit dem Tod meines Mannes mein ein und alles. Wenn ich einen guten Roman lese, dann kann ich ganz in der Welt des Romans versinken und all meine Probleme wenigstens für eine Weile vergessen. Du wirst es nicht glauben, aber einige Büchereibücher habe ich sogar schon dreimal gelesen. Und Du kannst versichert sein, dass ich Deine Bücher bestimmt gut behandeln werde."

Wieder tauschten die beiden Frauen viele schöne Erinnerungen aus Deutschland aus. Es stellte sich heraus, dass sie sogar gemeinsame Bekannte in Deutschland hatten.

„Weißt du, Maggie. Ich habe schon so oft gedacht, dass es schön wäre, meine alte Heimat einmal wiederzusehen. Aber im Moment ist an solche Ausgaben wirklich nicht zu denken."

„Mach Dir nichts draus, Liz. Einmal kommt für jeden von uns die Zeit, Träume in die Tat umzusetzen. Und wenn Du nichts dagegen hast, dann würde ich dich gerne begleiten, wenn es soweit ist."

„Du hast Recht. Was wären wir ohne unsere Träume. Mein Harry pflegte immer zu sagen: 'Wer aufhört zu hoffen und zu träumen, der gibt auf und kann sich auch gleich zum Sterben hinlegen.' Aber so weit ist es noch nicht. Ich habe zwar nicht viel, aber ich lebe viel zu gerne, um einfach aufzugeben."
„So ist es recht, Liz. Das ist die richtige Einstellung. Nur weiter so!"
Nach Ostern hielt der Alltag wieder Einzug. Die Osterdekorationen verschwanden von einem Tag auf den anderen, und in Isle of Peace war alles wieder beim Alten.
Die Wochen vergingen und Liz uns Maggie statteten sich häufig gegenseitig Besuche ab. Oft war auch Prudence mit von der Partie.
Eines Morgens, es war etwa acht Wochen nach Ostern, war Maggie Miller wieder einmal auf dem Weg zu Elizabeth Green. Schon von Weitem konnte sie eine rege Aktivität in der Einfahrt zu Mrs. Greens Haus erkennen. 'Hoffentlich ist da nichts passiert', dachte sie bei sich und beschleunigte ihre Schritte, ja, die letzten Meter rannte sie regelrecht voll

Sorge um Liz.

Aber sie hätte sich keine Sorgen machen müssen. Liz wanderte inmitten des ganzen Trubels umher und sah glücklicher denn je aus.

„Hallo, Maggie", freudestrahlend kam sie auf ihre Freundin zu.

„Komm, ich setze uns einen Kaffee auf, denn ich habe Dir viel zu erzählen."

Liz war ganz aufgedreht; so hatte Mrs. Miller sie noch nie erlebt.

„Du hattest Recht, Maggie. Es gibt noch Wunder. Ich kann es ja selbst noch nicht fassen!"

„Nun beruhige Dich erst einmal wieder und dann erzähl mir alles der Reihe nach. Bis jetzt weiß ich noch nicht viel mehr als dass Du ein Wunder erlebt hast."

„Ok. Erinnerst Du Dich noch, dass ich Dir erzählt habe, dass ich gerade genug Geld zum Leben habe und dass ich kein Geld habe, das Haus in dem Zustand zu erhalten, in dem wir es damals gekauft haben?"

„Aber sicher. Und mir ist aufgefallen, dass es

draußen nur so von Handwerkern wimmelt. Was ist passiert, Liz? Hast Du etwa im Lotto gewonnen?"

„Nein, ich fürchte noch nicht einmal für die Teilnahme am Lottospiel hat mein Geld bisher gereicht. Aber denk Dir nur, die „Society for Preservation of Monuments" (Gesellschaft für die Erhaltung von Denkmälern") hat Interesse an meinem Haus gefunden und will mir das Geld für die Restaurierung zur Verfügung stellen. Die Handwerker sind hier um sich alles anzusehen und alles zu vermessen, damit sie ihre Angebote an die Gesellschaft erstellen können."

„Das gibt es doch nicht. Wir leben hier doch so abgeschieden. Wie konnte diese Gesellschaft auf Dein Haus aufmerksam werden?"

„Ich war zuerst auch ganz schön skeptisch. Ich dachte schon, dass sich da jemand einen Scherz mit mir alten Dame machen wollte. Aber dann erhielt ich Besuch von der Vorsitzenden dieses Vereins, einer gewissen Mrs. Vert. Sie erklärte mir, dass sie

Historikerin wäre und dass ihr Mann und sie überall im ganzen Land auf der Suche nach schützenswerten Häusern wären. Zufällig haben die beiden im letzten Sommer hier ihren Urlaub verbracht und sich auf Anhieb in mein Haus verliebt."

„Aber Dein Haus ist doch von der Straße her gar nicht einzusehen!"

„Stimmt, das gab mir auch zu denken. Aber da musste Mrs. Vert zerknirscht zugeben, dass sie sich nicht ganz an die Regeln gehalten und unbefugt mein Grundstück betreten haben um sich das Haus näher anzusehen. Ich muss wohl gerade nicht zuhause gewesen sein. Mrs. Vert sagte mir, dass sie gehofft hatte, diese Information nicht preisgeben zu müssen. Ich habe ihr natürlich gleich versichert, dass ich nicht dagegen hätte, und dass ich ja im Gegenteil sogar sehr erfreut wäre, wenn jemand Interesse an meinem Haus zeigt."

„Ja, aber wenn sie Dein Haus bereits im letzten Sommer entdeckt haben, warum haben sie dann so lange gewartet, bis sie sich an Dich gewandt haben?"

„Zuerst mussten die Geldgeber des Vereins überzeugt werden. Dabei war es sehr hilfreich, dass das Ehepaar Vert bei ihrem Aufenthalt in Isle of Peace viele Fotos von den Häusern der Allee der Glorreichen Vergangenheit und natürlich auch von meinem Grundstück und dem Haus gemacht haben. Deswegen haben sie sich erst jetzt an mich gewandt."

„Das hört sich alles ziemlich fantastisch an. Was weißt du eigentlich über den Verein?"

„Wenn ich ehrlich bin, Maggie, dann muss ich gestehen, dass ich vorher noch nie etwas von diesem Verein gehört hatte. Aber wie sagt man so schön: 'Einem geschenkten Gaul schaut man nicht ins Maul'."

„Ich weiß nicht so recht. Es macht mich immer misstrauisch, wenn jemand Geld vergibt ohne dafür eine Gegenleistung zu verlangen. Oder hat Mrs. Vert diese Schenkung an irgendwelche Bedingungen geknüpft?"

„Nein, absolut nicht. Ich war zwar zuerst auch sehr erstaunt und wollte wissen, was ich denn

dafür tun müsste, aber als sie mir dann erklärte, dass einige reiche Leute, die sich für die Geschichte unseres Landes interessieren, alles tun würden um Objekte wie mein Haus und Grundstück, die ja laut ihren eigenen Worten unsere glorreiche Vergangenheit repräsentieren, in alter Pracht erstrahlen zu lassen, da war ich beruhigt. Aber wenn Du damit noch nicht zufrieden bist, dann komm doch am übernächsten Sonntag zum Kaffee zu mir, sagen wir so gegen drei Uhr nachmittags. Mrs. Vert wird auch da sein um alles Weitere mit mir zu besprechen und dann kannst Du all die Fragen, die Du wahrscheinlich noch hast, direkt an sie richten. Sie wird Dir bestimmt alle beantworten, denn sie ist sehr nett."
„Abgemacht, ich komme. Und verstehe mich bitte nicht falsch, ich freue mich natürlich für Dich. Aber ich bin nun einmal von Natur aus misstrauisch."
Mrs. Miller beschloss, schon vor dem Treffen mit Mrs. Vert zu versuchen, etwas über diesen Verein herauszufinden. Wie immer, wenn sie

Informationen benötigte, führte ihr erster Weg sie zu Prudence Brimsy in die Bibliothek. Dort fand sie im Lexikon der Personen des öffentlichen Lebens unter Vert folgenden Eintrag:

'Johnnie Vert, Industrieller, trat das erste Mal in das Licht der Öffentlichkeit, als er im Jahr 1970 Weltruhm mit einem von ihm entwickelten Computerprogramm erlangte. Heute ist er mehrfacher Millionär mit seiner eigenen Firma „Vert Industries, Vertrieb und Entwicklung von Hard- und Software". 1972 hat er seine Frau Patty geheiratet, die als Programmiererin in seiner Firma angefangen hatte. 1975 gebar Patty ihm eine Tochter, Elizabeth und 1977 folgte ein Sohn, Harry. Über sein Privatleben ist leider nichts weiter bekannt, da das Ehepaar Vert sehr zurückgezogen lebt....'

„Das ist zwar sehr interessant, hilft mir aber nicht viel weiter. Was mich interessiert sind die Antworten auf folgende Fragen:

- Was weiß man über die Gesellschaft für die Erhaltung von

Denkmälern? Welche Projekte hat diese Gesellschaft schon unterstützt? Haben sie jemals Gegenleistungen erwartet?
- Was sind die Verts für Menschen? Sind sie vertrauenswürdig?

Hast Du vielleicht noch andere Bücher oder Zeitschriften, die mir darüber Auskunft geben könnten, Prudence?"

„Mal sehen, lass mich mal im Schlagwortkatalog nachsehen. Ah ja, da haben wir ja schon etwas. Die Zeitschrift Time hat letztes Jahr einen Artikel über die Gesellschaft gebracht. Wollen wir doch mal sehen, ob die Zeitschrift gerade da ist."

Sie hatten Glück. Die betreffende Zeitschrift war da. Viel mehr erfuhr Mrs. Miller hier aber auch nicht. Es wurde nur kurz darüber berichtet, dass der Millionär Johnnie Vert zusammen mit ein paar weiteren einflussreichen Freunden beschlossen hatte, besonders schützenswerte Gebäude, die den Geist der Vergangenheit am Leben erhalten würden, restaurieren zu lassen. Ein paar

Abbildungen zeigten Projekte, die man in Betracht gezogen hatte. Ferner wurde noch gemutmaßt, dass das ganze steuerlich Hintergründe hätte. Aber auch der Reporter der time hatte nichts über das Privatleben dieses geheimnisvollen Mannes herausfinden können.

Jeder, der Mrs. Miller kannte, wusste, dass sie sich so leicht nicht geschlagen geben würde. Ihr nächster Weg führte sie zu Malcolm Powell, dem Sheriff ihres kleinen Ortes. Er hatte ziemlich gute Verbindungen und würde bestimmt mehr herausfinden.

„Malcolm, ich brauche Deine Hilfe."

„Da bin ich aber erstaunt. Normalerweise geht es doch anders herum und du hilfst mir. Das ja die Gelegenheit, mich einmal zu revanchieren. Also, womit kann ich Dir helfen?"

„Du kennst doch bestimmt Elizabeth Green, die in dem großen Herrenhaus an der Allee der Glorreichen Vergangenheit wohnt."

„Aber natürlich. Eine nette alte Dame, die ziemlich zurückgezogen lebt. Was ist denn mit ihr?"

„Ich dachte, Du hättest vielleicht schon davon gehört, dass ein Verein, der sich Gesellschaft für die Erhaltung von Denkmälern nennt, Elizabeth Greens Haus restaurieren lassen möchte."

„Ach, das meinst Du. Sicherlich, davon habe ich gehört. In einem so kleinen Ort wie dem unseren bleibt es nicht aus, dass sich Neuigkeiten wie ein Lauffeuer verbreiten. Aber was ist daran denn so interessant, dass Du meine Hilfe brauchst?"

„Ja, weißt Du, die ganzen Hintergründe, wie es dazu kam, dass diese Gesellschaft sich für Liz' Haus interessiert, haben mich misstrauisch gemacht. Über das Privatleben dieses Ehepaars Vert scheint so gut wie gar nichts bekannt zu sein. Und wenn jemand etwas gibt ohne etwas dafür zu nehmen, dann traue ich der Geschichte erst einmal nicht. Ich möchte auf jeden Fall verhindern, dass Elizabeth irgendwie betrogen oder auch nur enttäuscht wird."

„Das kann ich verstehen. Aber was kann ich

denn da für dich tun?"

„Ich weiß, dass Du gute Verbindungen hast aus Deiner Zeit bei der Bundespolizei. Könntest Du nicht einmal versuchen, etwas über die Verts herauszufinden? Wenn ich nur wüsste, dass sie nichts Böses im Schilde führen, dann wäre ich beruhigt und könnte mich umso mehr für Liz freuen."

„Das mache ich doch gerne für Dich, Maggie. Aber es wird ein paar Tage dauern bis ich Dir Näheres erzählen kann."

„Danke, das habe ich auch nicht anders erwartet. Aber bitte ruf' mich sofort an, wenn Du etwas in Erfahrung bringen konntest, sei es nun positiv oder negativ."

Nun blieb Mrs. Miller nichts anderes übrig, als abzuwarten. Sie besuchte ihre Freundin Mrs. Green häufig. Ihr Misstrauen wurde allerdings noch gesteigert als sie am Donnerstag der ersten Woche aufgeregt von Mrs. Green empfangen wurde:

„Maggie, Du wirst nicht glauben, was ich Dir zu erzählen habe. Sieh mal, da hinten im Garten. Dort hat einmal ein sehr schöner

Pavillon gestanden. Aber da ich kein Geld für seine Erhaltung hatte und der Pavillon immer baufälliger wurde, musste ich ihn leider abreißen lassen weil ich Angst hatte, dass sonst noch jemand unter den Trümmern begraben werden könnte."
„Davon hast du mir ja bisher noch gar nichts erzählt. Aber was hat Dich denn so aufgeregt?"!
„Die Aufregung kommt von der Freude. Ich weiß nicht, woher die Verts wussten, dass an der Stelle mal ein Pavillon gestanden hat, aber sie haben Anweisung gegeben, dass genau dort ein neuer Pavillon errichtet werden soll und dass die Handwerker auch hierfür ein Angebot abgeben sollen. Und als ob das noch nicht genug wäre, die Bauzeichnungen, die man mir vorgelegt hat, entsprechen bis ins kleinste Detail seinem Vorgänger. Ist das nicht wunderbar?"
So wunderbar fand Mrs. Miller diese Eröffnung allerdings nicht, denn dadurch wurde die ganze Angelegenheit immer mysteriöser. An solche Zufälle wollte sie

einfach nicht glauben. Aber sie hatte Liz schon genug beunruhigt. Daher sagte sie nur einfach:

„Das freut mich ja so für Dich, liebe Liz. Du hast es wirklich verdient, dass für Dich jetzt bessere Zeiten anbrechen. Dann musst Du Dir ja wenigstens um das Haus keine Gedanken mehr machen."

Aber insgeheim wurde ihre Besorgnis immer größer. Soweit sie herausgefunden hatte, waren nie Bilder von Isle of Peace veröffentlicht worden. Keiner konnte auch nur ein einziges Haus des Ortes kennen, es sei denn, er wäre dort gewesen und der Pavillon war ja schon seit Jahren nicht mehr da. Wie also konnten die Verts davon wissen?

Die Zeit verging und Mrs. Miller wartete gespannt auf eine Nachricht von Malcolm Powell. Endlich, es war bereits Dienstag der zweiten Woche, erhielt sie den langersehnten Anruf und Malcolm bat sie, doch mal eben zu ihm ins Büro zu kommen.

Dort wurde sie aufgeregt empfangen.

„Du bist mir vielleicht so Eine, Maggie. Es

sieht ganz so aus, als hätten wir da in ein Wespennest gestochen. Weißt Du, von wem ich heute Morgen Besuch hatte?"

„Nein, das weiß ich nicht. Aber es muss schon ein sehr wichtiger Besuch gewesen sein wenn Du so aufgeregt bist."

„Ganz recht, ich bin ja so Einiges gewöhnt, wo ich doch selbst einmal für die Bundespolizei gearbeitet habe. Aber ich habe nicht erwartet, irgendwann einmal Besuch vom CIA zu bekommen."

„CIA? Das musst Du mir jetzt aber erklären. Was wollten die denn von Dir?"

„Ja was wohl? Du warst es doch, die mich auf die Verts angesetzt hat. Ich habe daraufhin ein paar alte Freunde vom FBI angerufen und sie um Hilfe gebeten. Gewundert habe ich mich zwar schon von Anfang an, denn sie reagierten irgendwie abweisend, aber immerhin versprachen sie mir, ihr Bestes zu geben. Dann habe ich eine Zeitlang nichts mehr von der Sache gehört bis ich heute Morgen von einem gewissen Mr. Blanchard vom CIA Besuch bekommen habe. Ein

unangenehmer Typ übrigens."
„Alles schön und gut, Malcolm. Aber komm bitte zur Sache. Was wollte er von Dir und was hat er mit meinen Nachforschungen über die Verts zu tun?"
„Zuerst einmal hat mich dieser Mr. Blanchard der Amtsanmaßung beschuldigt weil ich meine Freunde beim FBI für meine persönlichen Zwecke einspannen wollte und dann hat er mir unmissverständlich klar gemacht, dass ich meine Finger vom Fall Vert lassen solle, oder... Den Rest kannst Du Dir ja denken."
„Oh wie furchtbar, Malcolm. Das tut mir ja so leid. Hätte ich Dich bloß nicht mit da reingezogen."
„Ach, das macht ja nichts. Für Dich tue ich das ja gerne. Und Du kannst mir glauben, ich war so erbost, dass ich erst einmal meine Freunde beim FBI noch einmal angerufen und sie zur Rede gestellt habe. Sie mussten zerknirscht zugeben, dass sie ebenfalls unter Druck gesetzt worden sind. Sonst hätten sie dem CIA niemals meinen Namen verraten.

Aber das Wenige, was sie bis zu ihrer Entdeckung herausgefunden haben, habe ich bei dieser Gelegenheit auch in Erfahrung bringen können."

„Gut. Dann lass mal hören!"

„Johnnie Vert hat unter einem anderen Namen im Vietnamkrieg für den Geheimdienst gearbeitet. Der Gefangenschaft ist er damals nur knapp entgangen weil eine vietnamesische Familie, der er einmal das Leben gerettet hatte, ihn aufgenommen und versteckt hat. Als er dann nach Beendigung des Krieges in die Staaten zurückkehrte, hat er vom CIA eine neue Identität erhalten, und man munkelt, dass er immer noch gelegentlich für sie arbeitet. Laut meinen Freunden war es ganz schön schwer, diese Informationen zu erhalten, denn der Zugriff auf alle Dateien, die mit Johnnie Vert zu tun haben, unterliegt der höchsten Geheimhaltung und ist gut gesichert. Du siehst also, wir haben es da mit einem ganz heißen Eisen zu tun. Wenn ich Du wäre, dann würde ich das Ganze lieber ruhen lassen."

„Du hast wahrscheinlich Recht, Malcolm. Es tut mir leid, dass ich Dir so viele Unannehmlichkeiten verursacht habe. Mach Dir keine Sorgen, ich weiß schon, was gut für uns ist. Und danke noch einmal für Deine Hilfe. So, und nun muss ich wieder los."
'Das ist ja nicht zu fassen', dachte Mrs. Miller. 'Jetzt bin ich umso gespannter, die Bekanntschaft von Mrs. Vert zu machen.'
Da sie es nun nicht mehr abwarten konnte, war sie am Sonntag bereits gegen vierzehn Uhr bei Elizabeth Green um ihr bei den Vorbereitungen zu helfen.
Pünktlich gegen fünfzehn Uhr traf Mrs. Vert ein. Sie war eine Frau von etwa dreißig Jahren, die die Meisten nicht gerade als hübsch bezeichnen würden. Aber Mrs. Miller hatte noch nie Wert auf die äußere Schönheit gelegt. Was zählte war nur die innere Schönheit, das was man im Herzen trug. Und in dieser Hinsicht war Mrs. Vert mehr als nur schön. Sie hatte das gewisse Etwas und strahlte eine Freundlichkeit aus, der einfach keiner widerstehen konnte. Das musste selbst

Mrs. Miller ihr trotz allen Misstrauens lassen. So sympathisch hatte sie sich Mrs. Vert nun wirklich nicht vorgestellt.

Die Vorstellungen waren schnell abgeschlossen, und dann gingen die drei Frauen in das Wohnzimmer, wo Mrs. Miller und Mrs. Green bereits den Tisch gedeckt hatten.

Zur Feier des Tages hatte Mrs. Green ihre alten Fotoalben herausgesucht, in denen sie liebevoll nicht nur Familienbilder, sondern auch viele Zeugnisse der Vergangenheit ihres alten Hauses festgehalten hatte. Stolz zeigte sie ihren beiden Besuchern alle Bilder und gab ausschweifend Erklärungen ab. Zu jedem Bild gab es eine Geschichte. Plötzlich rief sie voller Freude aus:

„Sehen Sie mal hier, Mrs. Vert. Ich habe nicht viele Bilder von dem alten Pavillon im Urzustand. Aber dieses Bild hier habe ich aufgenommen als mein Junge eingeschult worden ist. Darauf können Sie auch den Pavillon in allen Einzelheiten bewundern."

„Das ist ja wunderbar, Mrs. Green. Kann ich

das Foto vielleicht für meine Unterlagen haben?"

„Ich weiß zwar nicht, wofür das gut sein soll, aber ich kann Ihnen gerne die Negative überlassen und Sie können sich Abzüge machen lassen."

„Haben Sie etwa von allen alten Bildern noch die Negative?"

„Ja, warum?"

„Weil sich das sicher gut machen würde, wenn wir einige davon in unseren Katalog über unsere Renovierungsprojekte aufnehmen könnten. Damit lässt sich die Vergangenheit doch so viel lebendiger machen. Natürlich Ihr Einverständnis vorausgesetzt. Wie wäre es, wenn Sie uns alle Negative überlassen würden, so dass wir uns die besten heraussuchen können?"

„Ich denke, das lässt sich machen. Ich muss sie allerdings erst in Ruhe heraussuchen. Wenn Sie das nächste Mal vorbeikommen, können Sie sie gleich mitnehmen. Ich hoffe nur, dass Sie genug brauchbares Material finden, denn überwiegend handelt es sich um

Privatfotos."

„Da machen Sie sich mal keine Sorgen, Mrs. Green. Die Bilder, die ich bisher gesehen habe, sind beeindruckend."

Mrs. Miller hatte die ganze Zeit zusammen mit Mrs. Vert die Bilder bewundert. Doch nun ergriff sie das Wort.

„Mrs. Vert, Mrs. Green ist eine sehr gute Freundin von mir, und darum hoffe ich, dass sie nichts dagegen haben, wenn ich die eine oder andere Frage an Sie richte."

„Aber warum sollte ich denn etwas dagegen haben, Mrs. Miller. Wir haben nichts zu verbergen."

„Danke, Mrs. Vert. Zuerst einmal wollte ich sie fragen, was sie sich von der Vergabe des Geldes erhofft haben? Sie werden mir verzeihen, aber ich habe es noch nie erlebt, dass jemand so etwas ganz uneigennützig macht."

„Ich verstehe Ihre Bedenken, Mrs. Miller. Aber Sie können mir glauben, dass wir in erster Linie getreu dem Namen, den wir unserer Gesellschaft gegeben haben, nur die

Erhaltung von alten Werten aus unserer glorreichen Vergangenheit im Sinn haben. Natürlich würden wir am Liebsten auch gleich die Grundstücke und Gebäude aufkaufen um sie für immer für die Öffentlichkeit zu bewahren. Aber meistens, wie zum Beispiel auch im Fall unserer Mrs. Green, können und wollen die Besitzer sich einfach nicht von ihrem Eigentum trennen. Und wir haben dafür vollstes Verständnis. Wie uns Mrs. Green erklärte, hat sie hier ihre glücklichsten Jahre verbracht, und natürlich möchte sie hier auch ihren Lebensabend verbringen. Wir haben alles mit unseren Gesellschaftern besprochen, und nu n, da uns alle Angebote vorliegen, möchten wir Mrs. Green einen Vorschlag unterbreiten. Deshalb bin ich heute hierhergekommen, sozusagen als Botschafterin unseres Vereins."

„Na dann schießen Sie mal los, Mrs. Vert", forderte Mrs. Green sie auf.

„Also, wir haben in Erfahrung bringen können, dass Sie keine Verwandten mehr haben, denen Sie Ihr Haus vererben könnten. Nun haben wir uns gedacht, dass Sie eine Stiftung ins Leben rufen könnten, die besagt, dass das Grundstück und das Haus mit allem Inventar nach Ihrem Tod in ein Museum umgewandelt werden. Als Gegenleistung würden wir nicht nur die Restaurierungskosten übernehmen, sondern Ihnen außerdem Zeit Ihres Lebens auch eine Leibrente zahlen, mit der es Ihnen möglich sein wird, wieder Personal einzustellen, damit auch das Innere des Hauses wieder im alten Glanz erstrahlen kann."

Und an Mrs. Miller gewandt fuhr sie fort: „Sie sehen also, Mrs. Miller, dass wir durchaus auch eigennützige Motive haben. Ich hoffe, dass ich Sie hiermit beruhigen konnte. Ich kann Ihnen immer nur wieder versichern, dass wir nur das Beste wollen. So, Mrs. Green, was halten Sie von unserem Vorschlag?"

„Das hört sich wirklich alles sehr gut an. Ich schätze, dass ich verrückt wäre, wenn ich Ihren Vorschlag nicht annehmen würde."

„Da wäre nur noch eine Kleinigkeit. Natürlich würden wir gerne bei Gelegenheit junge, angehende Historiker oder andere, an der Geschichte unseres Landes interessierte Personen die Möglichkeit geben, am Beispiel Ihres Hauses die Arbeit unseres Vereins kennenzulernen. Ich kann Ihnen allerdings versichern, dass das nur nach Voranmeldung und äußerst selten vorkommen wird. Sie werden auf jeden Fall immer selbst entscheiden können, ob Ihnen Besuch willkommen ist. Wir möchten Ihre Privatsphäre auf keinen Fall stören. Meinen Sie, dass sie damit leben können, Mrs. Green?"

„Ich denke schon. Wissen Sie, im Grunde genommen freue ich mich, wenn sich jemand für mein Haus interessiert. Und da ich selten Besuch bekomme, werden Ihre jungen Leute mir ganz bestimmt eine willkommene Abwechslung zum Alltagsleben sein."

„Das wäre dann ja geklärt. Dann würde ich gerne noch einmal mit unserem Rechtsanwalt vorbeikommen um die Formalitäten zu erledigen. Wäre Ihnen Mittwoch so gegen vierzehn Uhr recht? Dann haben Sie auch noch genügend Zeit, alles noch einmal in Ruhe zu überdenken."

„Ich hätte da noch ein paar Fragen, Mrs. Vert", meldete sich Mrs. Miller nun auch wieder zu Wort.

„Wie sind Sie auf die Idee gekommen, gerade an der Stelle im Garten, an der bereits früher ein Pavillon gestanden hat, von dem allerdings nichts mehr zu sehen ist, wieder einen Pavillon zu bauen?"

„Oh, mir war gar nicht bekannt, dass Sie schon einmal einen Pavillon hatten. Wir hielten das für eine gute Idee, denn die meisten Herrenhäuser hatten damals einen. Und was die Stelle angeht, Mrs. Miller, die ist geradezu geschaffen für einen Pavillon, und die früheren Bauherren und Architekten müssen wohl genauso empfunden haben."

„Dann würde mich aber auch noch interessieren, wieso der geplante Pavillon bis ins kleinste Detail mit seinem Vorgänger übereinstimmt. An solch einen Zufall kann ich einfach nicht glauben."

„Mrs. Miller. Das liegt doch auf der Hand. Zur

Zeit der großen Plantagen und damit der Herrenhäuser wurden fast alle Pavillons in der gleichen Bauart errichtet. So einfach ist das."
Mrs. Miller spürte, dass Mrs. Vert nur widerwillig und so ausweichend wie möglich antwortete.
„Und nun, meine Damen, hoffe ich, dass Sie mich entschuldigen werden, aber ich muss wirklich los. Dringende Geschäfte warten auf mich."
Es war offensichtlich, dass sie das Gespräch so schnell wie möglich beenden wollte, um nicht noch mehr für sie kritische Fragen beantworten zu müssen.
„Vielen Dank noch einmal, Mrs. Green, für den guten Kaffee und den Kuchen."
Als Mrs. Vert gegangen war, blieb Mrs. Miller noch einige Zeit bei Mrs. Green, denn sie hatte das Gefühl, als ob es besser wäre, sie nicht alleine zu lassen. Sie wollte Liz nicht drängen, aber sie fühlte, dass die Fotos, die sie ihnen gezeigt hatte, sie doch innerlich mehr aufgewühlt hatten, als es den Anschein hatte. Aber sie war schon immer der Meinung

gewesen, dass es besser wäre, den Dingen ihren Lauf zu lassen und abzuwarten, dass die Leute von selbst anfingen zu erzählen. Und es dauerte auch nicht lange, da fing Mrs. Green an, ihr ihr Herz auszuschütten.
„Ach, Maggie. Es ist ja alles so furchtbar. Könnte man doch bloß die Zeit zurückdrehen. Ich habe so viel falsch gemacht und gäbe viel darum, wenn ich das ändern könnte."
„Liz, Fehler machen wir alle, dafür sind wir ja nur Menschen."
„Wenn das man so einfach wäre, Maggie. Du weißt ja gar nicht, wie oft ich in den Jahren seit dem Verschwinden meines Sohnes nachts mit einem Schreikrampf aufgewacht bin und nicht wieder einschlafen konnte."
„Möchtest Du darüber reden, Liz? Manchmal hilft es, wenn man mit einem Anderen über seine Sorgen spricht, jemand, der die Dinge neutral sieht. Und Du weißt doch, dass ich jederzeit bereit bin, Dir zuzuhören."
„Danke, Maggie. Ich weiß das wirklich zu schätzen. Ich habe das Ganze sowieso schon zu lange mit mir herumgetragen ohne mit

jemand darüber reden zu können. Du erinnerst Dich doch, dass mein Mann und ich damals zusammen mit unserem zweijährigen Sohn aus Nazi-Deutschland hierher in die USA geflüchtet sind. Damals war das Wort 'Holocaust' noch nicht aufgekommen, aber die Schrecken der Nazi-Herrschaft, die das Wort symbolisiert, die waren für uns Juden in meiner alten Heimat damals allgegenwärtig. Mein Mann hatte Berufsverbot erhalten und konnte nicht mehr als Tischler arbeiten. Glücklicherweise hatte ich einen kleinen Buchladen, so dass wir unseren Lebensunterhalt immer noch verdienen konnten. Aber die allgemeine Lage spitzte sich immer mehr zu und überall tauchten Schilder auf: 'Juden sind hier unerwünscht – Hunden und Juden ist der Zutritt verboten'. Dann passierte es. Eines Nachts kamen sie in Horden, schlugen die Fenster ein, verwüsteten den Laden, schleppten all meine Bücher nach draußen und schichteten sie auf einen großen Haufen in der Mitte des Marktplatzes zusammen mit vielen anderen

Büchern auf. Zuerst wusste ich nicht, was das zu bedeuten hatte, aber dann ging alles, was ich erreicht hatte, im wahrsten Sinn des Wortes in Flammen auf. Das war für uns ausschlaggebend, und wir ergriffen die erstbeste Gelegenheit zur Flucht in die USA. Wie wir später herausfanden, hatten wir unseren Entschluss gerade noch rechtzeitig gefasst, denn nach Ausbruch des Krieges war es fast unmöglich, noch aus Deutschland herauszukommen."

„Da hast Du ja ganz schön was durchgemacht, Liz."

„Das kannst du wohl laut sagen, Maggie. Aber es kam ja noch viel schlimmer. Wir wurden nach unserer Einreise zuerst einmal nach Pearl Harbor geschickt, wo wir einige Zeit blieben. Und was dann kam, das hätte ich mir in meinen schlimmsten Träumen nicht ausmalen können. Wir erlebten den Angriff der Japaner mit, und wir überlebten ihn. Damals habe ich mir geschworen, dass ich weder meinen Mann noch meinen Sohn jemals in den Krieg ziehen lassen würde, wenn ich es verhindern könnte, denn ich hatte die Schrecken des Krieges aus nächster Nähe erlebt und konnte mir nichts Schlimmeres vorstellen."

„Das ist unter den Umständen nur allzu verständlich, Liz."

„Ja, das dachte ich auch. Die Jahre vergingen, und unser Sohn war unser ganzer Stolz. Er wollte studieren und Mathematiker werden. Wegen seiner überdurchschnittlichen Intelligenz hatten sich auch schon einige Bundesbehörden interessiert gezeigt und wollten sein Studium finanzieren wenn er danach für sie arbeiten würde. Aber es sollte alles anders kommen. Der Vietnamkrieg ließ sich nicht mehr vermeiden, und alle jungen Leute wurden eingezogen. Ich habe meinen Hans damals angefleht und angebettelt, dass er doch, wie so viele andere, nach Kanada fliehen solle, aber er wollte nichts davon hören. Harry versuchte, mir zu erklären, dass Hand doch nur seine Pflicht tun und für sein neues Land kämpfen wolle. Aber ich konnte und wollte es nicht verstehen. Meine

Verzweiflung schlug in Verbitterung um, und schließlich sagte ich Hand, dass er, wenn er wirklich in den Krieg ziehen würde, mir nie wieder unter die Augen kommen sollte. Lieber ein Ende mit Schrecken als ein Schrecken ohne Ende. Ich wollte einfach nicht Tag und Nacht um sein Leben bangen müssen und hoffte, dass dieses Ultimatum ihn abschrecken würde. Nur hatte ich nicht mit dem Starrsinn meines Hans gerechnet, den er höchstwahrscheinlich sogar noch von mir geerbt hat. Er eröffnete mir nur, dass er dann eben gehen und nie wieder zurückkommen würde. Wie Recht er doch damit hatte. Natürlich habe ich trotzdem Tag und Nacht gebangt und gebetet, dass er heil nach Hause kommen würde. Dann erhielten wir die Nachricht, dass er als vermisst galt. Ich hoffte weiter, dass er gefunden werden würde, aber nach Abzug unserer Leute aus Vietnam musste ich auch diese Hoffnung begraben. Harry versucht, mich so gut es ging zu trösten. Aber ich fürchte, ich werde nie darüber hinwegkommen."

„Aber Du hättest doch nichts ändern können."
„Nein, das hätte ich wohl nicht. Aber ich habe mich immer wieder gefragt, ob er vielleicht noch am Leben wäre, wenn er in dem Bewusstsein in den Krieg gezogen wäre, dass ich seine Entscheidung billigte. Ach könnte ich die Zeit doch zurückdrehen und ihm meine Liebe ausdrücken, ihm sagen, dass egal, was er macht, ich immer hinter ihm stehen würde, denn ich bin doch seine Mutter. Aber es ist zu spät, und ich werde wohl bis zu meinem Lebensende damit leben müssen, dass die letzten Worte, die ich mit ihm gewechselt habe, Worte des Zorns waren."
„Mach Dir nur nicht zu viele Vorwürfe, Liz. Du darfst nicht vergessen, dass die meisten anderen Mütter wahrscheinlich genauso gedacht und versucht haben, ihre Kinder zu einer Flucht zu überreden. Mein Eric war zwar selber bei den Marines, aber ihm war doch klar, dass es keine weiteren Kriege mehr geben würde, wenn die Mütter dieser Welt mehr zu sagen hätten. Er musste im Laufe seiner langen Karriere viele Tragödien

erleben, und die schwerste Aufgabe war immer, den Eltern den Tod ihres Kindes mitzuteilen. Er kam dann immer ganz deprimiert nach Hause, so als ob er für all das Leid, das Kriege und Einsätze in Kampfgebieten verursachen, verantwortlich wäre. Aber trotz Allem hat er seinen Beruf geliebt."

„So hat wahrscheinlich jeder seine Sorgen. Ich danke Dir, dass Du mir zugehört hast, Maggie. Du hattest recht, ich fühle mich schon viel besser, jetzt wo ich mir die Seele vom Leib geredet habe."

„Bevor ich mich verabschiede, habe ich noch eine letzte Frage für heute, liebe Liz: Weißt Du eigentlich, wo dieser Verein seinen Sitz hat?"

„Aber ja doch. Der Hauptsitz ist Seattle, und dort wohnt auch die Familie Vert. Aber warum interessiert Dich das denn?"

„Einfach so. Jetzt wird es aber wirklich Zeit für mich, Liz. Wir sehen uns dann morgen bei mir zum Kaffee. Tschüss!"

Zuhause angekommen, konnte Mrs. Miller

einfach nicht zur Ruhe kommen. Jede Menge Fragen gingen ihr durch den Kopf. Warum war Mrs. Vert so an den persönlichen Fotos von Liz interessiert? Die hätten doch eigentlich nur für Liz und ihre Familie einen Wert haben sollen. Und warum glich der geplante Pavillon dem alten bis ins Detail? Warum begleitete Mr. Vert seine Frau nie wenn diese Mrs. Green besuchte? Wie mochte er wohl aussehen? Auf den veröffentlichten Fotos trug er immer eine dunkle Sonnenbrille, und außerdem waren die Fotos nicht gerade sehr scharf. Ob das wohl Absicht war? Und was hatte das mit dem Besuch des CIA bei Malcolm zu tun? Vielleicht würde sie Antworten auf ihre Fragen bekommen wenn sie in die Höhle des Löwen ging und den Verts einen Besuch abstatten würde.

Tatkräftig wie sie war, traf sie Vorbereitungen, noch am selben Abend abzureisen. Dann bräuchte sie nicht lange in Seattle zu bleiben und wäre rechtzeitig zum Kaffee mit Liz zurück.

In Seattle angekommen, hatte sie keine großen Schwierigkeiten, das Haus der Verts zu finden. Es war zehn Uhr Vormittag, und sie hoffte, dass die Verts zuhause wären. Ein Butler öffnete auf ihr Klingeln die Haustür.
„Guten Tag, ich würde gerne zu Mr. Und Mrs. Vert. Sind sie zuhause?"
„Mrs. Vert ist da, Madam. Wen darf ich ihr melden?"
„Mrs. Miller aus Isle of Peace. Ich hätte sie gerne in einer dringenden Angelegenheit gesprochen."
Der Butler führte sie in die Halle und bat sie, einen Moment zu warten. Er würde Mrs. Vert sofort Bescheid sagen.
Mrs. Miller brauchte auch nicht lange zu warten, da kam Mrs. Vert ihr auch schon freundlich lächelnd entgegen.
„Mrs. Miller, was verschafft uns denn die Ehre Ihres Besuchs? Ich habe Isle of Peace doch gerade gestern erst besucht?"
„Ach wissen Sie, ich war gerade in der Gegend und da habe ich mir gedacht, dass es doch schön wäre, wenn ich auch Ihren Mann

einmal kennenlernen würde."

„Mein Mann ist gerade nicht zuhause, aber er müsste eigentlich jeden Moment zurückkommen. Wenn Sie vielleicht inzwischen mit mir vorlieb nehmen und eine Tasse Kaffee mit mir trinken wollen?"

„Sehr gerne, Mrs. Vert. Danke für die Einladung."

Die Zeit verging und Mr. Vert war immer noch nicht zurück. Da endlich hörte sie, wie die Vordertür aufgeschlossen wurde. Ein etwa vierzigjähriger Mann betrat den Salon. Irgendwie hatte Mrs. Miller das Gefühl, diesen Mann schon einmal gesehen zu haben, und dann dämmerte es ihr.

„Hans"! rief sie aus.

„Siehst Du, Patty. Genau das hatte ich befürchtet. Jetzt weißt Du, warum ich Dich nicht begleiten wollte, als Du nach Isle of Peace gefahren bist. Also, Mrs. Miller, nun wissen Sie es ja. Ich bin Hans Green oder richtiger Hans Grün. Meine Eltern haben den Namen Grün nämlich in Green geändert als sie in die Staaten ausgewandert sind. Ich habe genau dieselbe Wortspielerei durchgeführt als ich aus Vietnam zurückkam. Meine Freunde und Arbeitgeber vom CIA haben mir nur allzu gerne dabei geholfen, denn ich war ja Geheimnisträger. Aus Hans wurde Johnnie, die englische Übersetzung von Hans, und aus Green wurde Vert, was dasselbe auf Französisch bedeutet."

„Aber warum haben Sie Ihre Mutter in all den Jahren nie besucht und sie in dem Glauben gelassen, dass Sie tot wären?"

„Ich konnte sie doch nicht besuchen, und sie hat mir damals, als ich das Haus verlassen habe um in den Krieg zu ziehen, unmissverständlich gesagt, dass ich nie wieder zurückzukommen bräuchte wenn ich in den Krieg ziehen würde. Ich musste mich entscheiden – entweder meine Familie oder der Dienst für mein Vaterland. Es ist mir weiß Gott nicht leicht gefallen. Aber ich konnte nicht anders handeln."

„Und warum haben Sie nicht nach Ihrer Rückkehr aus Vietnam versucht, wieder nach Hause zurückzukehren?"

„Sie kennen Mutter wohl noch nicht lange genug. Sonst wüssten Sie, dass diese Möglichkeit leider niemals bestanden hat. Ich war in den letzten Jahren oft drauf und dran, nach Hause zu gehen und sie zu bitten, alles zu vergessen und mich wieder willkommen zu heißen. Aber Mutter war schon immer für ihren Starrsinn bekannt, und ich wusste, dass es für sie unmöglich sein würde, eine einmal getroffene Entscheidung zurückzunehmen."
„Und wie kommt es, dass Sie sich plötzlich nach all den Jahren entschlossen haben, etwas für Ihre Mutter zu tun? Sie hätte weiß Gott Ihre Hilfe schon viel früher gebraucht."
„Ich wusste nicht, dass es ihr so schlecht ging, dass sie bis auf das Haus und das Grundstück alles verkaufen musste. Als ich zufällig Mrs. Mason, eine alte Bekannte aus meiner Zeit beim CIA, in Washington traf und erfuhr, dass sie jetzt ebenfalls in Isle of Peace lebte, da konnte ich es nicht lassen und brachte sie vorsichtig und diplomatisch dazu, mir mehr über ihren Heimatort zu erzählen. Ich sagte ihr, dass ich einmal dort gewesen

wäre und dass mir besonders das Herrenhaus in der Allee der Glorreichen Vergangenheit noch lebhaft in Erinnerung wäre. Und da erzählte sie mir von dem Pech, das über meine Mutter gekommen war. Dass sie nach dem Tod meines Vaters noch nicht mal mehr genug Geld für ihren eigenen Lebensunterhalt gehabt hat und dass sie nach und nach alle wertvollen Gegenstände verkaufen musste. Ich war halb wahnsinnig vor Kummer. So eine Ironie. Ich selbst hatte inzwischen mein Glück gemacht, und meine Mutter lebte am Rand des Existenzminimums. Nicht nur, dass sie mich nie hereinlassen würde, nein, sie würde auch nie Geld von mir annehmen, dass war mir klar. Da hatte ich die rettende Idee. Ich gründete diese Gesellschaft, finanzierte einige Projekte nur mit dem Ziel, an meine Mutter heranzutreten und ihr alles zu ermöglichen, was ihr meiner Meinung nach auch zustand. Nur ich wusste, dass ich sie nur von der Ferne sehen durfte weil sie mich sonst erkannt und alles abgelehnt hätte. Sie ist nämlich sehr stolz, müssen Sie wissen."

„Stolz ist ein schlechter Ratgeber, mein Junge. Nehmen Sie es mir nicht übel, aber seitdem sie weggegangen sind, ist sehr viel Zeit vergangen, und inzwischen hat auch Ihre Mutter sehr viel Gelegenheit gehabt, ihr damaliges Ultimatum zu bereuen. Sie würde sie mit offenen Armen aufnehmen wenn sie wüsste, dass Sie noch am Leben sind und sogar eine eigene Familie haben."

„Wenn ich es doch nur glauben könnte, Mrs. Miller. Es gibt nichts, was ich mir sehnlicher wünschen würde, als mit meiner Mutter wieder vereint zu sein."

„Machen Sie doch einfach die Probe aufs Exempel. Wie wäre es, wenn Sie zusammen mit Ihrer Frau und den Kindern mit mir zurück nach Isle of Peace kommen würden. Ihre Mutter kommt heute Nachmittag zu mir zum Kaffee, und ich würde sie gerne mit Ihnen überraschen."

„Also dann, versuchen wir es und hoffen wir, dass damit nicht alles bisher Erreichte zerstört wird."

„Vertrauen Sie mir, Ihre Mutter hat mir selbst

erzählt, wie gerne sie den begangenen Fehler wieder rückgängig machen würde. Sie wird sich bestimmt sehr freuen, Sie wiederzusehen."

Also war es abgemacht. Gegen vierzehn Uhr nachmittags waren sie zurück in Isle of Peace. Mrs. Miller bat die Familie Vert erst einmal im Obergeschoss zu warten, bis sie ihnen ein Zeichen geben würde. Dann sollten sich erst die Kinder, dann Mrs. Vert und zuletzt Mr. Vert zu Mrs. Miller und Mrs. Green gesellen.

Irgendwie musste Elizabeth spüren, dass etwas in der Luft lag. Sie war die ganze Zeit unruhig und unkonzentriert. Da gab Mrs. Miller das verabredete Zeichen, und die Kinder kamen die Treppe heruntergestürmt.

„Was für eine Überraschung", rief Mrs. Green verwundert aus. „Du hast mir gar nicht gesagt, dass Du Besuch hast. Hätte ich das gewusst, dann wäre ich heute nicht gekommen. Ich möchte doch nicht stören."

„Im Gegenteil. Ich wäre sehr enttäuscht gewesen, wenn Du nicht gekommen wärst.

Darf ich vorstellen: Das sind Elizabeth und Harry."

„Hallo, Ihr beiden. Was seid Ihr doch für herzallerliebste Kinder. Zu wem gehört Ihr denn?"

Nun gab Mrs. Miller wieder ein Zeichen, dass es Zeit wäre, dass Mrs. Vert herunterkäme.

„Das sind meine Kinder, Mrs. Green", ertönte nun ihre Stimme. „Und ich liebe sie sehr. Und sie sind ihren Eltern wie aus dem Gesicht geschnitten."

„Hallo Mrs. Vert. Ich bin überrascht, Sie hier zu sehen. Sie hatten es doch gestern so eilig, nach Seattle zurückzukommen. Was hat denn Ihre Meinung geändert?"

„Mein Mann wollte auch gerne einmal hierherkommen, und so haben wir unsere Kinder genommen und sind hierher gefahren. Wir hoffen, wir kommen nicht ungelegen."

„Aber keinesfalls. Ich würde mich freuen, auch Ihren Mann einmal kennenzulernen. Wo ist er übrigens?"

„Er wird gleich herunterkommen. Mrs. Miller war so nett, uns anzubieten, bei ihr zu übernachten."

Mrs. Miller gab das verabredete Zeichen und Mr. Vert kam die Treppe hinunter ohne jedoch seine dunkle Sonnenbrille abzunehmen, die sein Gesicht doch zu einem erheblichen Teil verdeckte.

„Hallo, Mr. Vert. Es freut mich, Sie auch endlich mal kennenzulernen. So kann ich mich wenigstens einmal bei meinem guten Engel bedanken. Ich kann es gar nicht mehr abwarten, bis das Haus wieder im alten Glanz erstrahlt."

„Ich musste Ihnen einfach helfen, Mrs. Green."

Jetzt stand Mr. Vert mit dem Rücken zu Mrs. Green. Langsam, ganz langsam nahm er seine Sonnenbrille ab und drehte sich um.

„Du?" In Mrs. Greens Gesicht spiegelten sich mehrere Emotionen auf einmal. Das Erkennen einer geliebten Person nach so langer Zeit, der Schock der plötzlichen Gegenüberstellung, aber das Gefühl der Freude und Erleichterung gewann schnell die Oberhand.

„Das ich den Tag noch erleben durfte. Ich habe gedacht, du wärst tot. Oh mein Gott, mein Junge. All die verlorenen Jahre. Dann müssen das ja Deine Frau und meine Enkelkinder sein."
Voll überschwänglicher Freude umarmte sie ihren Sohn.
„Und Du hast Deine Kinder nach Deinem Vater und mir benannt. Welche eine Freude. Kommt her, Ihr Lieben, damit ich Euch umarmen kann."
„Omi!" Die Kinder liefen freudestrahlend auf sie zu. Sie waren ganz außer Rand und Band, denn schon oft hatten sie ihren Vater nach seinen Eltern gefragt und immer nur ausweichend Antwort bekommen. Dabei wollten sie doch so gerne eine Oma oder einen Opa haben wie ihre Freunde.
Mrs. Vert war zu Tränen gerührt.
„Darf ich Dich nun Mutter nennen?" fragte sie schüchtern.
„Aber liebes Kind, selbstverständlich darfst Du das."
Mrs. Miller hatte inzwischen leise das Feld

geräumt, denn sie wollte ihren Freunden in aller Ruhe Zeit lassen, sich auszusprechen. Sie entschloss sich, in das kleine Café an der Ecke zu gehen und sich ein Stück Kuchen sowie einen Tee zu leisten.

Als sie dort saß und auf ihre Bestellung wartete, da ging sie in Gedanken noch einmal die ganzen Ereignisse durch. Sie spazierte mit Prudence durch die Allee der Glorreichen Vergangenheit und bewunderte wieder die gepflegten Häuser aus einer vergangenen Zeit. Wie gut, dass Liz' Haus nun auch bald wieder so prächtig sein würde. Erst dann würde die Allee der Glorreichen Vergangenheit wieder komplett sein. Gott sei Dank hatte sie nicht locker gelassen. Von selbst hätte der Junge wohl nie gewagt, nach Hause zu kommen.

Mrs. Miller war so in Gedanken versunken, dass sie den inzwischen servierten Tee ganz vergessen hatte. Als sie ihn wie abwesend zum Mund führte, musste sie erkennen, dass er inzwischen kalt geworden war. Zeit also, nach Hause zurückzugehen.

ENDE GUT, ALLES GUT

Geheimnis unter der Erde

Die kleine Stadt Isle of Peace war von einer Atmosphäre der Ruhe und Gemütlichkeit erfüllt. Der Herbst hatte still und leise Einzug gehalten. Zuerst waren die Blätter vereinzelt abgefallen, dann wurden es immer mehr, und jetzt waren alle Straßen und Wege vom Laub bedeckt.

Mrs. Miller und ihre Freundin Prudence Brimsy verbanden einen Spaziergang mit einem Einkauf im kleinen Heimwerker- und Gartencenter.

„Weißt Du, der Herbst erinnert mich immer wieder daran, wie vergänglich doch alles ist. Nichts und niemand lebt ewig."

„Maggie, was sind das nur für trübselige Gedanken? Das kenne ich ja gar nicht von Dir"

„Aber nicht doch, Prudence, das sind Tatsachen, und man muss den Tatsachen immer ins Auge sehen."

„Du hast ja Recht, aber ich mag das Thema trotzdem nicht so gerne. Ich denke lieber an etwas Schönes, wie z.B. an meine

Geburtstagsparty, die ich nächste Woche Sonnabend geben werde. Oh, stimmt ja, davon habe ich Dir ja noch gar nicht erzählt. Aber es ist doch selbstverständlich, dass Du eingeladen bist und ich hoffe, dass Du auch kommen wirst."

„Das ist lieb von Dir, Prudence. Aber sei mir bitte nicht böse. Du weißt, dass ich nicht so ein Partymensch bin. Da gibt es für meinen Geschmack immer viel zu viel Trubel, und ich liebe meine Ruhe nun einmal."

„Da kann ich Dich beruhigen, Maggie. Party ist wohl auch nicht die richtige Bezeichnung. Eigentlich plane ich nur, alle unsere Freunde zu mir nach Hause einzuladen. Es wird viel selbstgebackenen Kuchen und Kaffee geben. Aber keinen Trubel, das kannst du mir glauben!"

„Wenn das so ist, dann nehme ich natürlich dankend an. Ich werde da sein. Sag mir einfach, um welche Zeit ich kommen soll und ob Du noch irgendwelche Hilfe benötigst. Du kannst dich auf mich verlassen."

Inzwischen hatten die beiden Frauen das

kleine Heimwerker- und Gartencenter erreicht, auf das die Bewohner von Isle of Peace so stolz waren. Zu Recht, denn eigentlich war Isle of Peace viel zu klein für solch ein Center. Aber es war dem Bürgermeister zu verdanken gewesen, dass er seinen Freund, den Eigentümer einer ganzen Kette von Heimwerker- und Gartencentern überall in den Vereinigten Staaten, dazu überredet hatte, auch hier in Isle of Peace ein kleines Center zu eröffnen. Und da dieser ihm noch einen Gefallen schuldig war, hatte er zugestimmt und seitdem hatte der Ort ein eigenes Heimwerker- und Gartencenter.
Die Bürger von Isle of Peace hatten es ihrem Bürgermeister gedankt, denn er war nun schon seit zwanzig Jahren Bürgermeister ohne dass jemand auf die Idee gekommen wäre, ihn ablösen zu wollen. Warum auch hätte man einen so engagierten Mann wie Mr. Woddicott abwählen sollen. Jeder war überzeugt davon, dass es keinen besseren Mann und auch keine bessere Frau für diesen Posten geben konnte.

Ganz besonders beliebt bei den Einwohnern von Isle of Peace war das kleine, im Center integrierte Café. Hier konnte man morgens auch frühstücken. Es gab lecker belegte Sandwiches und natürlich Kaffee oder Tee so viel man wollte, das Nachschenken war im Preis inbegriffen.

Mrs. Miller und Ms. Brimsby hatten vereinbart, dass sie sich nach Erledigung ihrer Einkäufe im Café treffen würden.

„Ich hoffe, Du hast nicht zu lange warten müssen", sagte Mrs. Brimsby nach Luft keuchend. „Ich habe mich wirklich beeilt, aber es hat länger gedauert als ich dachte."

„Aber nicht doch, Prudence. Ich habe mir die Zeit mit dem Genuss dieses köstlichen Kaffees vertrieben. Du weißt doch, dass ich gerne hier sitze und die Menschen beobachte wie sie eilig an dem Café vorbei hasten. Nicht nur ihre Kleidung, nein auch die Gesichtsausdrücke und die Gestik sind so verschieden bei all diesen Menschen. Ich versuche dann immer mir vorzustellen, was wohl gerade in ihnen vorgehen mag. Das

macht nicht nur Spaß, sondern solche Charakterstudien sind auch wichtig für mich. Je besser man die menschliche Natur zu verstehen versucht, desto leichter wird es, wenn man die verschiedensten detektivischen Probleme zu lösen hat. Ich habe die Erfahrung gemacht, dass die Lösung meistens in den Menschen selbst liegt."
„Sehr interessant, Maggie. So habe ich das eigentlich noch nie betrachtet. Hauptsache, Du hast Dich nicht gelangweilt. Hast Du schon unser Frühstück bestellt?"
„Nein, ich wollte auf Dich warten."
„Dann bleib' ruhig sitzen. Ich werde für uns bestellen. Möchtest Du ein oder zwei Sandwiches? Ich denke, ich nehme gleich zwei, denn ich habe einen Bärenhunger."
„Für mich auch zwei. Ich habe noch nichts gegessen, und Elly macht so gute Sandwiches, da kann ich nie widerstehen."
Sie hatten kaum angefangen zu essen, da stieß auch noch Nancy Woddicott, die Frau des Bürgermeisters, zu ihnen, und es wurde ein ausgedehnter, urgemütlicher Vormittag

gefüllt mit dem üblichen Klatsch und natürlich Lachen. Ein Kaffee folgte dem anderen. Als ein junges Ehepaar das Café betrat, begrüßte Nancy sie ganz aufgeregt:
„Hallo, Ihr beiden. Sieht man Euch auch mal wieder?"
„Du weißt doch, Tante Nancy, wir haben noch so viel mit unserem kleinen Häuschen zu tun, dass wir kaum Zeit haben, in die Stadt zu kommen."
„Seid doch ehrlich! Das liegt ja wohl nicht nur an dem Häuschen. Als mein Schatz und ich frisch verheiratet waren, da sind wir auch kaum aus dem Schlafzimmer gekommen und haben von der Magie Hawaiis so gut wie nichts mitbekommen. Da hätten wir unsere Hochzeitsreise genauso gut nach Alaska machen können! Es wäre doch auch schlimm, wenn es nicht so wäre."
Da sah Mrs. Woddicott den fragenden Blick von Mrs. Miller.
„Oh, entschuldige bitte, Maggie. Wie unhöflich von mir. Ich hatte ganz vergessen, dass Du ja noch nicht lange bei uns in Isle of Peace

wohnst und dass Du noch keine Gelegenheit hattest, meine Nichte Millicent Parker und ihren Mann Jimmy kennenzulernen. Die beiden haben erst vor kurzem nachdem sie von Ihrer Hochzeitsreise zurück waren, ein kleines Haus, zirka dreißig Kilometer von hier, mitten im Wald, gekauft, das bereits seit zwanzig Jahren leer stand. Und da gibt es natürlich viel zu tun!"

„Ja, und das haben wir alles Dir und Onkel Gregor zu verdanken. Wenn Ihr uns nicht auf das Haus aufmerksam gemacht hättet, dann hätten wir es wohl nie bemerkt, so abseits wie es gelegen ist. Aber genau das war ja unser Wunschtraum gewesen. Nur was ich nicht verstehen kann ist, wieso jemand ein so wunderschönes altes Haus so lange leer stehen lassen konnte. Das Haus hat Charakter und könnte bestimmt viele Geschichten erzählen. Im Laufe der Jahrzehnte muss es so viel gesehen haben. Ich wünschte manchmal, es könnte reden. Aber wie dem auch sei, mein Jimmy hat dort die nötige Ruhe und Muße um endlich seinen ersten Roman schreiben zu können, und das Haus inspiriert ihn auch noch zusätzlich."

Mrs. Miller, die eine interessante Geschichte witterte, bat Nancy Woddicott, ihnen doch alles zu erzählen, was sie über das Haus wusste. Und gerne erklärte Nancy Woddicott sich dazu bereit.

„Wisst Ihr, das Haus gehörte einmal Woody Celentes, einem alten Einsiedler", fing sie an zu erzählen. „Als er vor zwanzig Jahren starb, da hinterließ er leider nichts als Schulden, und es gab keine Nachfahren. Die Bank hat versucht, das Häuschen zu verkaufen, aber damals fand sich leider kein Interessent. Keiner wollte in einer so einsamen Gegend leben. Mit der Zeit fiel es dann in Vergessenheit. Als meine Nichte und ihr Mann dann ein geeignetes Haus suchten, da erinnerte Gregor sich an das Haus, das wir einmal auf einem Spaziergang entdeckt hatten. Schon damals hatte er sich gewundert, warum ein so idyllisch gelegenes Haus leer stand. Er fing an nachzuforschen, wem das Haus wohl gehören mochte und stieß dabei auf die Bank. Hier musste man die Akten extra für ihn aus dem Keller holen, und ich kann Dir sagen, die machten einen ziemlich verstaubten Eindruck. Ja, die Bankleute waren direkt froh, dieses Verlustobjekt loszuwerden und haben Millicent und Jimmy einen fairen Preis gemacht."

„Ja, darüber waren wir heilfroh, denn wir konnten doch nicht immer bei Jimmys Eltern wohnen bleiben. Die beiden sind zwar sehr nett, aber wir wollten doch gerne allein und unabhängig sein. Und als wir das Haus das erste Mal sahen, wie es so total vernachlässigt und verlassen dastand, da haben wir uns sofort verliebt. Das und kein anderes war unser erster Gedanke. Es ist doch so toll, wenn man sich alles so gestalten kann, wie man es gerne hätte. Und alte Häuser haben Charakter, etwas woran es den modernen Kästen mangelt, wie mein Jimmy immer sagt."

Eigentlich hatten Prudence und Maggie

vorgehabt, spätestens gegen Mittag wieder zuhause zu sein, aber da hatten sie ja nicht damit gerechnet, dass sie Nancy Woddicott und die Parkers treffen würden. Als man sich schließlich voneinander verabschiedete und aufbrach, da war es bereits vierzehn Uhr dreißig. Ja, dachte Mrs. Miller so bei sich, die Zeit vergeht im Fluge wenn man gute Gesprächspartner und vor allen Dingen eine gute Geschichte hat.

Drei Monate später, als sie schon gar nicht mehr an die Begegnung mit den Parkers dachte, erhielt sie einen Anruf von Sheriff Malcolm Powell, der zu ihrem engeren Freundeskreis gehörte. Immerhin traf sie ihn und ein paar andere Freunde regelmäßig abends im Gemeindehaus zu einem gemütlichen Plausch. Sie hatten sogar einen Club gegründet, den „Club der Sherlock-Holmes-Erben", denn sie liebten es, sich ungelöste Kriminalfälle vorzunehmen und zu versuchen, hier etwas Licht hineinzubringen und vielleicht sogar zur Lösung der Fälle beizutragen. Sie waren auch schon einige Male recht erfolgreich gewesen, und durch ihr Mitglied, den Sheriff, war es auch nicht schwer, bei den Behörden Gehör zu finden.

Nachdem die beiden die allgemeinen, zum guten Ton gehörenden Nettigkeiten am Telefon ausgetauscht hatten, kam Malcolm schnell zur Sache.

„Maggie, ich brauche Deine Hilfe. Könntest Du vielleicht gleich rüber in mein Büro kommen?"

„Aber klar doch, Du weißt, dass ich nie nein zu einer Abwechslung zum schnöden Alltagsleben sagen kann. Ich bin gleich bei Dir."

Sie hängte das Telefon ein, zog sich eine Jacke über und machte sich auf den Weg.

Das Amtsgebäude des Sheriffs war nicht weit von ihrem Haus entfernt an der Main Street, der Hauptstraße des kleinen Städtchens. Bei ihrem Eintreffen wartete der Sheriff schon ungeduldig auf sie.

„Da bist Du ja endlich. Dann können wir ja

losfahren."

„Losfahren, wohin denn?"

„Ach ja, das habe ich Dir ja noch gar nicht erzählt. Draußen bei den Parkers hat sich etwas ereignet, wobei ich Deine Hilfe benötige. Die Beiden haben doch noch viel zu tun mit ihrem Haus. Momentan sind sie damit beschäftigt, auf ihrem Grundstück einen Wintergarten mit Terrasse anzulegen. Heute Morgen haben sie sich an die Arbeit gemacht, den Boden für einen zweiten Brunnen auszuschachten. Und rate mal, was sie gefunden haben!"

„Ach, Du weißt doch, dass ich nicht gerade gut im Raten bin. Dafür bin ich zu ungeduldig. Ich habe es mehr mit den Fakten. Also spann mich bitte nicht so lange auf die Folter."

„Na ja, Du hättest mir wenigstens den Spaß lassen können. Du hättest es so und so nicht erraten. Denn wer rechnet schon damit, dass man bei Grabungsarbeiten auf dem eigenen Grundstück auf einen Sarg stößt. Und das hier bei uns, in unserem kleinen friedlichen und verschlafenen Nest, in dem eigentlich nie etwas passiert!"

„Ein Sarg, sagst Du? Wie mag der da bloß hingekommen sein? Hier ist es doch strengstens verboten, irgendjemand außerhalb eines Friedhofs zu begraben. Oder hat der Vorbesitzer sein Haus etwa auf einem ehemaligen Friedhof erbaut? Das kann ich mir nicht vorstellen. Wer würde denn über einem Friedhof wohnen wollen?"

Die Fragen kamen wie aus der Pistole geschossen, und mit jeder gestellten Frage hatte Mrs. Miller schon die nächsten zwei Fragen im Sinn. Fragen, Fragen, Fragen – nur keine Antworten.

„Nein, hier in dieser Gegend hat es noch nie einen Friedhof gegeben. Meine Familie wohnt schon seit Generationen in Isle of Peace, und ich wüsste es, wenn hier jemals ein Friedhof existiert hätte."

„Das ist aber äußerst mysteriös!"

„Ganz meiner Meinung, Maggie. Daher habe ich Dich auch sofort benachrichtigt, als ich den Anruf der Parkers bekommen habe. Ralph Oscott kommt übrigens in seiner

Eigenschaft als Leichenbeschauer auch hinaus zum Grundstück der Parkers."

Inzwischen hatten die beiden das Haus der Parkers erreicht, wo sie schon voller Unruhe von Millicent und Jimmy Parker erwartet wurden. Das Entsetzen über ihren grausamen Fund stand den Beiden noch ins Gesicht geschrieben. Besonders Millicent hatte es anscheinend sehr mitgenommen. Sie zitterte am ganzen Körper. Jimmy hatte sie beruhigend in den Arm genommen, aber noch hatte sie sich nicht von dem Schock erholt, und das war ihr auch anzusehen. Ihr Gesicht, das sonst eine rosige, ihre Rossnatur widerspiegelnde Farbe zeigte, hatte unter der Einwirkung dieses Erlebnisses eine aschfahle Farbe angenommen.

„Hallo Sheriff, hallo Mrs. Miller. Wir hätten nicht gedacht, dass wir Sie so schnell wiedersehen würden."

Offenbar hatten auch die Beiden davon gehört, dass Mrs. Miller detektivischen Spürsinn besaß und den Behörden gerne bei

derartigen Problemen zur Hand ging, denn sie waren keineswegs erstaunt, sie zu sehen.
„Vielleicht wäre es besser, wenn wir erst einmal ins Haus gingen und wenn ihr uns einen Kaffee macht. Das beruhigt die Nerven Aller und wir müssen ja sowieso noch auf Doktor Oscott warten."
„Sie haben recht, Sheriff. Warum habe ich selbst nicht daran gedacht. Millicent hat auch gerade heute Morgen Apfelkuchen gebacken, und sie sind herzlich dazu eingeladen, ihn doch mal zu versuchen. Kommen Sie herein!"
Als Doktor Oscott wenig später eintraf, führten Millicent und Jimmy sie hinaus zu der Grube mit dem Sarg.
„Also, dort unten liegt er, der Sarg", fing Jimmy an zu erzählen. „Als wir bei den Grabungsarbeiten auf etwas Hartes stießen, da waren wir zuerst nur neugierig, was das wohl sein könnte. Wer hat nicht schon einmal davon geträumt, irgendwann einmal einen vergrabenen Schatz zu finden? Nur hätten wir uns nie, auch in unseren schrecklichsten Alpträumen nicht, ausmalen können, dass wir

einen Sarg finden würden. Aber genau das war es, worauf wir gestoßen waren. Ich hoffe, dass Millicent diese Geschichte bald verarbeitet hat. Sie ist so sensibel und dieses Erlebnis hat sie, wie ihr ja gesehen habt, sehr mitgenommen."

Der Sarg war ungefähr zwei Meter lang, und im Laufe der Jahre war das Holz ziemlich angegriffen worden.

„Ungewöhnlich, sehr ungewöhnlich", war Doktor Oscotts Reaktion auf den Anblick, der sich ihm bot.

„Was meinst Du damit?" fragte der Sheriff.

„Die Form des Sargs ist sehr ungewöhnlich. Aber Genaueres werden wir bestimmt von Harry Litter, unserem Bestatter, in Erfahrung bringen können. Übrigens, wo bleibt Harry denn, oder habt Ihr ihn gar nicht benachrichtigt?"

„Warum hätten wir ihm denn Bescheid geben sollen?"

„Dafür gibt es mehrere Gründe: Zuallererst einmal weil ich den Sarg in meinem Wagen nicht transportieren kann, und wegschaffen müssen wir ihn wohl von hier. Ich muss den Inhalt genauestens untersuchen, und ich denke, dass es besser wäre, wenn wir den Sarg vorerst geschlossen lassen. Millicent hat auch so schon genug durchmachen müssen, da sollte sie nicht noch mit dem Fäulnisgeruch einer Leiche belastet werden. Ich weiß, wovon ich spreche, das könnt Ihr mir glauben. Wer einmal diesen Geruch in der Nase hatte, der kann ihn so leicht nicht wieder verdrängen. Und das wollen wir Millicent doch wirklich ersparen."

„Da hast Du Recht, Ralph. Aber Du erwähntest doch mehrere Gründe, warum wir Harry Litter einschalten sollten."

„Ja, es ist unsere Pflicht, ihn zu rufen, denn kein Sarg darf ohne dem Beisein des Leichenbeschauers und des Leichenbestatters bewegt werden. Und der Transport eines Sarges darf auch nur mit einem Leichenwagen durchgeführt werden. Außerdem denkt doch mal nach! Wo soll ich denn den Sarg lagern und die Leiche untersuchen? Soll ich meinen Patienten

zumuten, in Zukunft auf einem Behandlungstisch behandelt zu werden, auf dem ich vorher eine Leiche seziert habe? Nein, das kommt gar nicht in Frage!"
„Also gut, ich werde ihn anrufen. Aber zuerst einmal müssen wir noch ein anderes Problem in den Griff bekommen. Seht Euch das Holz des Sarges an, es ist schon ziemlich morsch. Ich denke nicht, dass wir den Sarg ohne Hilfe anheben werden können. Wenn wir versuchen würden, ihn an den Griffen nach oben zu heben, dann würde die Gefahr bestehen, dass er in der Mitte durchbricht und dass sich sein wahrscheinlich vermoderter Inhalt dann in die Grube ergießt. Daher meine ich, dass es das Beste ist, wenn ich auch Paul Curtsy Bescheid gebe damit er mit seinem transportablen Kleinbagger und einigen Männern herkommt um den Sarg noch weiter freizulegen. Wir brauchen einen Freiraum von etwa einem Meter zu beiden Seiten des Sarges, damit wir besser hantieren können. Und ich werde ihn auch bitten, eine stabile Holzplatte mitzubringen, die wir unter den

Sarg schieben können um zu verhindern, dass der Sarg beim Anheben auseinanderbricht."

Wieder im Haus rief der Sheriff zuerst Paul Curtsy an, der zusagte, sofort zu kommen, und dann Harry Litter.

„Harry, ich bin hier bei den Parkers. Sie haben das Haus des alten Woody Celentes gekauft. Du weißt doch hoffentlich noch, wo das ist, denn wir brauchen Dich hier. Millicent und Jimmy haben bei Ausgrabungsarbeiten einen Sarg gefunden, den wir in Deine Leichenhalle überführen müssen damit Ralph eine Obduktion der Überreste durchführen kann."

„In Ordnung, Malcolm. Ich komme so schnell wie möglich zu Euch raus."

„Keine Eile, Harry. Zuerst müssen wir den Sarg mit Hilfe von Paul Curtsy und einigen seiner Leute bergen. Das wird wohl noch ungefähr eine Stunde dauern."

„Gut, dass Du mir das sagst. Dann habe ich ja noch genug Zeit, schon mal alles für die Obduktion vorzubereiten. Also bis dann. Ich

werde in circa einer Stunde bei Euch sein."
Für Harry Litter war das alles kein Grund zur Aufregung. Er wurde in Ausübung seines Berufs ständig mit dem Tod konfrontiert. Am Anfang war es hart gewesen, der Trauer der Angehörigen zu begegnen. Es war schwer gewesen, die richtigen Worte zu finden. Aber im Laufe der Zeit hatte er eine innere Ruhe gefunden, die für seine Arbeit unbedingt erforderlich war und die es ihm ermöglichte, mit nahezu allen Situationen fertig zu werden. Das war auch jetzt nicht anders. Ruhig ging er in die Leichenhalle, räumte umherstehende Zubehörteile, die den Doktor bei seiner Arbeit behindern könnten, weg und holte die für die Obduktion erforderlichen Instrumente herbei. Er führte alle Arbeiten ohne Hast aus. Der Raum strahlte eine Ruhe aus, die Jeden, der den Tod nicht als etwas Selbstverständliches sondern als etwas Schreckliches betrachtete, verwundert hätte. Aus Lautsprechern, die im ganzen Raum dezent versteckt angebracht waren, tönte leise klassische Musik von Bach und Beethoven.

Aber lassen wir den Bestatter mit seinen Vorbereitungen für die Obduktion wieder allein.

Inzwischen waren Paul Curtsy und seine Leute am Fundort des Sarges eingetroffen. Nach einer kurzen Besichtigung der Gegebenheiten und einer gemeinsamen Beratung entschlossen sie sich, so vorzugehen, wie der Sheriff es vorgeschlagen hatte. Nachdem ein weiterer Meter zu beiden Seiten des Sarges ausgebaggert war, schoben sie die mitgebrachte Holzplatte unter den Sarg. Jetzt konnten sie zwei Seile unter der Holzplatte, die den Sarg jetzt stützte, hindurchziehen und den Sarg mit Hilfe dieser Seile vorsichtig aus der Grube heben. Als der Sarg endlich oben neben der Grube stand, traf auch Harry Litter ein.

Natürlich galt sein hauptsächliches Interesse dem Sarg, den man an einem so ungewöhnlichen Ort gefunden hatte.

„Das ist ja ein außergewöhnlicher Sarg. Nicht, dass ich solche einen Sarg noch nie gesehen hätte, aber diese Bauart sieht man wirklich nicht alle Tage."

„Wieso, ist denn Sarg nicht gleich Sarg?"

„Keineswegs, Sheriff. Sie müssen wissen, dass diese kantige Bauart bei uns hier zuletzt in der Pionierzeit verwendet wurde."

„Wenn Du so begeistert bist von dieser Bauweise, dann würde mich nur interessieren, warum diese in Amerika nicht mehr verwendet wird."

„Das kann ich Dir sagen, Malcolm. Weißt Du, nachdem wir den Unabhängigkeitskrieg endlich nach so vielen Jahren gewonnen hatten, und die Vereinigten Staaten von Amerika gegründet worden waren, da war das Verlangen nach Eigenständigkeit so groß geworden, dass man Alles, was aus Europa kam, regelrecht boykottierte. Dies erstreckte sich auch auf das ursprüngliche, europäische Ideengut. Leider ist die Bauweise der Särge ebenfalls diesem Streben nach Unabhängigkeit zum Opfer gefallen. Heutzutage verwendet man eine abgerundete Form ohne scharfe Kanten. Und während unsere amerikanischen Särge auf allen Seiten gleichmäßig gebaut sind, sind die europäischen Särge so gebaut, dass das Fußende schmaler zuläuft als das Kopfende, genau wie bei diesem Sarg hier. Und dann ist da noch etwas: Unsere amerikanischen Särge haben meistens auf beiden Seiten nur vier Griffe oder eine durchgehende Schiene an der Stangen zum Tragen befestigt werden. Dieser hier hat sogar für europäische Verhältnisse ziemlich viele Griffe, nämlich zehn. Sehen Sie, drei an jeder Längsseite, und am Kopf- und Fußende jeweils einen am Ober- und am Unterteil. Hierbei handelt es sich wirklich um ein Prachtstück europäischer Bauart, das bestimmt nicht billig gewesen ist. Wahrscheinlich wurde er aus Übersee importiert."

„Aber nun genug geredet. Es wird Zeit, dass wir die Parkers von diesem Ungetüm befreien und sie wieder zur Ruhe kommen können. Wo hast Du Deinen Wagen geparkt, Harry?"

„Ich habe ihn in der Auffahrt stehen lassen."

„Dann hole ihn besser hierher. Ich möchte kein Risiko eingehen und den Sarg so wenig

wie möglich bewegen."
„Du hast Recht, Malcolm. Ich hole ihn sofort."
Da Paul Curtsy und seine Leute gleich nach dem Heben des Sarges wieder zur Farm zurückgekehrt waren, mussten Ralph Oscott, Malcolm Powell, Jimmy Parker und Harry Litter den Sarg mit gemeinsamen Kräften in das Auto heben.
„Meine Güte, da hebt man sich ja einen Bruch dran", ächzte Jimmy Parker. „Dass der Sarg so schwer ist, damit habe ich nicht gerechnet. Was schätzt Ihr, was der wiegt?"
„Ich denke, dass der Sarg so seine Hundertzwanzig bis hundertfünfzig Kilogramm auf die Waage bringt", veranschlagte Ralph Oscott, der Doktor.
„Das könnte hinkommen. Ich hoffe, dass wir uns nicht überhoben haben. Mann, ich spüre jeden einzelnen Knochen in meinem Leib."
Der Sheriff war ganz erschöpft von dieser Anstrengung.
„Gut, dass nicht jeden Tag solch ein Sarg gefunden wird."
Die Spannung war auf dem Höhepunkt

angelangt als es soweit war, den Sarg im Beerdigungsinstitut im Beisein von Harry Litter, Ralph Oscott, Malcolm Powell, Kyle Carrington, dem Hilfssheriff und Maggie Miller zu öffnen. Gleich zu Anfang hatten Harry Litter und Ralph Oscott alle Anwesenden gewarnt, doch ausreichend Abstand vom Sarg einzuhalten, da der bei der Sargöffnung entweichende Geruch nicht unbedingt jedermanns Sache war. Aber weder der Sheriff noch sein Hilfssheriff hatten auf ihn gehört. Sie fühlten sich bevormundet und hatten erwidert, dass sie schließlich schon lange im Geschäft wären und Schlimmeres erlebt hätten. Aber, wie heißt es doch so schön: Wer nicht hören will, muss eben fühlen!

Zuerst wurden die zwanzig Zentimeter langen Schrauben, drei an jeder Seite des Sargdeckels, vorsichtig gelöst, dann konnte der Holzdeckel vom Sarg abgehoben werden. Nun war der Zinkdeckel freigelegt, der fest verlötet war. Kaum dass die Lötverbindungen gelöst worden waren und Harry und Ralph

den Zinkdeckel angehoben hatten, da war ein dumpfer Aufprall zu hören. Kyle Carrington und Malcolm Powell waren ohnmächtig geworden. Anscheinend war der Geruch, der nun ungehindert aus dem Inneren des Sarges entströmen konnte, doch zu viel für die beiden gewesen. Hätten sie doch bloß auf Ralph und Harry gehört, wie die anderen es getan hatten, die das ganze Spektakel vom Nebenraum aus in sicherer Entfernung und hinter einer Sichtscheibe beobachteten. Harry Litter, der an solche Situationen bereits gewöhnt war, holte das Riechsalz, das er extra für Gelegenheiten wie diese besorgt hatte, und hielt es den beiden unter die Nase. „Das ist nicht das erste Mal, dass man mir nicht glauben wollte", erklärte er den anderen Anwesenden. „Aber bis jetzt ist es allen so gegangen wie diesen beiden hier, einschließlich meiner Wenigkeit, zumindest beim ersten Mal. Ich muss zugeben, dass es auch für mich nicht leicht war, mich an diesen Geruch zu gewöhnen."
Das Riechsalz wirkte sofort. Die beiden waren

ein wenig beschämt, zogen es diesmal aber doch vor, sich zu den anderen zu gesellen und lieber hinter die Sichtscheibe zu gehen.
„So, wo wir nun alle soweit sind, können wir ja mit unserer Leichenschau weitermachen."
Doktor Oscott war schon ganz aufgeregt. So eine Gelegenheit hatte er nicht mehr gehabt, seitdem er seinen Job als Gerichtsarzt in Denver gekündigt und sich hier in die Abgeschiedenheit von Isle of Peace zurückgezogen hatte.
Mit Enttäuschung musste er feststellen, dass der Sarg wohl schon ziemlich lange in seinem Grab auf dem Grundstück der Parkers geruht haben musste und dass er wohl nur aufgrund des extrem trockenen Bodens so gut erhalten geblieben war. Von der Leiche selbst war leider bis auf das noch weitgehend intakte Skelett nicht mehr viel übrig geblieben. Interessant waren ein paar Überreste der Kleidung, wie zum Beispiel handsignierte Knöpfe. Auch der Schmuck, Ohrringe, Medaillon sowie ein Paar Ringe, waren erhalten geblieben weil er aus purem Gold

bestand. Das waren gute Anhaltspunkte für den noch anstehenden Versuch einer Identifizierung der Leiche.

Für die weitere Untersuchung brauchte Doktor Oscott viel Ruhe. Daher bat er seine Freunde um Verständnis, dass er sie nun bitten müsste, zu gehen, damit er in aller Ruhe seiner Arbeit nachgehen könnte.

Mrs. Miller war viel zu aufgeregt, um einfach nach Hause zurückzukehren. Sie wollte noch einmal zu den Parkers und versuchen, über den Vorbesitzer, Mr. Cellentes, etwas in Erfahrung zu bringen.

Millicent Parker war überrascht, sie schon so schnell wiederzusehen.

„Kommen Sie doch herein, Mrs. Miller. Möchten Sie vielleicht noch eine Tasse Kaffee mit mir trinken?"

„Das ist eine gute Idee, Mrs. Parker. Aber warum so förmlich. Ich bin doch eine gute Freundin Ihrer Tante. Nennen Sie mich doch bitte Maggie."

„Dann müssen Sie mich aber auch Millicent nennen. Und natürlich können wir uns auch duzen."

„Gerne, meine Liebe"

Millicent Parker stand immer noch ganz unter dem Eindruck des Erlebten. Zwar hatte sie sich inzwischen soweit erholt, dass sie nicht mehr zitterte, aber der Schock saß doch noch ziemlich tief.

„Ich kann mir gut vorstellen, wie Du dich fühlen musst, Millicent. Aber ich hoffe, dass ich trotzdem noch einmal auf die Sache mit dem Sarg zurückkommen darf. Ich bin noch einmal hergekommen weil ich hoffte, etwas über ihn in Erfahrung bringen zu können. So wie ich das sehe, muss der Sarg wohl von dem Vorbesitzer Eures Hauses hier vergraben worden sein. Das Holz ist viel zu gut erhalten als dass der Sarg länger als dreißig, vierzig Jahre hier vergraben gewesen sein kann."

„Da wirst Du wohl Recht haben, Maggie. Aber dennoch verstehe ich nicht, wie ich Dir etwas über den Sarg oder den Vorbesitzer unseres Hauses erzählen könnte. Als wir hier eingezogen sind, war Mr. Cellentes doch schon bereits seit Langem tot, und ich habe ihn nie kennengelernt."

„Damit habe ich gerechnet, Millicent. Aber es gäbe da noch eine Möglichkeit. So wie ich Nancys Erzählung in Erinnerung habe, ist nach dem Tode von Mr. Cellentes nichts in dem Haus verändert worden. Die Bank hat zwar versucht, das Haus samt Inventar zu verkaufen, aber sie war nicht erfolgreich, und das ganze Haus ist in Vergessenheit geraten bis Ihr beide, Du und Dein Jimmy, es entdeckt habt. Also Millicent, was habt Ihr mit dem ganzen Inventar gemacht, das sich noch im Haus befand?"

„Einiges hat uns so gut gefallen, dass wir es behalten haben, und den Rest haben wir auf den Dachboden geschafft, denn wir konnten es nicht über das Herz bringen, auch nur irgendetwas wegzuwerfen. Immerhin waren alle Dinge, die wir hier vorfanden, sozusagen zeitgeschichtliche Dokumente."

„Könnte es vielleicht sein, dass Ihr dabei auch Schriftstücke gefunden habt, die uns Auskunft über Mr. Cellentes geben könnten?"

„Ja, wir fanden sogar eine ganze Menge

Unterlagen von ihm. Aber die Sache hat einen Haken. Wir waren natürlich auch daran interessiert, nur dass wir feststellen mussten, dass alles in Italienisch verfasst war. Da wir niemand kannten, der die italienische Sprache beherrscht, haben wir die Dokumente sorgsam verpackt und zu den anderen Sachen auf den Dachboden gestellt."

„Das ist ja wunderbar, Millicent. Hättest Du etwas dagegen, wenn ich die Unterlagen mitnehme? Vielleicht finde ich ja jemand, der italienisch kann und diese Unterlagen erweisen sich als der Schlüssel zu dem Geheimnis im Sarg."

„Maggie, wir würden uns freuen, wenn Dir die Dokumente weiterhelfen können. Nur um eines möchte ich Dich bitten. Bring sie bitte wieder zurück, wenn Du sie nicht mehr benötigst. Wir bewahren sie zwar aus Platzmangel auf dem Dachboden auf, aber irgendwie sind wir der Meinung, dass sie zum Haus gehören und hier aufbewahrt werden sollten."

„Das kann ich gut verstehen, Millicent, und du

hast mein Wort, dass ich gut auf die Dokumente achtgeben werde. Und natürlich werde ich sie zurückbringen wenn ich sie nicht mehr benötige."

Nachdem Millicent die Dokumente vom Dachboden geholt hatte, verabschiedete sich Mrs. Miller.

„Nun muss ich aber los."

„Schade, ich hatte gehofft, dass Jimmy zurück sein würde, bevor Du gehen musst. Dann hätten wir alle drei noch ein bisschen plaudern und uns näher kennenlernen können."

„Ja, das tut mir auch leid, aber wir können das jederzeit nachholen. Der Anfang ist gemacht. Wenn Du nichts dagegen hast, dann komme ich Euch wieder besuchen."

„Du wirst uns jederzeit willkommen sein, Maggie."

Nach einem kurzen Abendessen führte Maggies erster Weg zu Doktor Oscott. Auch der Sheriff war bereits dort und wartete ungeduldig auf das Obduktionsergebnis.

Endlich war der Doktor fertig und präsentierte den beiden das Ergebnis.

Gespannt las der Sheriff den Bericht Mrs. Miller laut vor.

„Infolge der fortgeschrittenen Zersetzung der Leiche durch Autolyse, Fäulnis und Verwesung sind keinerlei Muskeln mehr vorhanden. Das Gewebe hat sich im Laufe der Zeit bereits verflüssigt und es haben sich Gase gebildet. Eine Analyse der Gase hat ergeben, dass die biogenen Amine, wie zum Beispiel Kadaverin, Putreszin und Tyramin bereits weiter zu Fäulnisgasen, wie Ammoniak, Methan und Schwefelwasserstoff abgebaut worden sind. Daraus schließe ich, dass der Sarg mindestens dreißig bis vierzig Jahre im Erdreich gewesen sein muss.

Für eine mögliche Identifizierung der unbekannten Leiche stand mir leider nicht viel mehr als die Knochen zur Verfügung. Dennoch ist es mir gelungen, verschiedene Feststellungen zu treffen. Bei der vorgefundenen unbekannten Leiche handelt es sich mit Sicherheit um eine weibliche Leiche von ungefähr achtzehn Jahren, die eine Größe von etwa ein Meter

fünfundsechzig gehabt haben muss. Zur Begründung möchte ich folgende Punkt anführen:
1. Die Form des Beckens sowie das Stirnprofil und das Hinterhauptrelief lassen gar keine Schlussfolgerungen zu, als dass es sich hierbei um eine junge Frau handelt.
2. Es sind noch alle Diaphysen der Leiche mit den Epiphysen verwachsen; daher gehe ich davon aus, dass die Person nicht älter als achtzehn Jahre alt gewesen sein kann.
3. Ferner habe ich festgestellt, dass die Epiphyse am distalen Ende des Oberschenkelknochens bereits mit der Diaphyse verwachsen ist, was wiederum auf ein Alter von mindestens vierzehn, aber nicht mehr als neunzehn Jahre schließen lässt, und daher

meine unter Punkt 2. gemachte Schlussfolgerung bestätigt.

4. Die Zähne sind noch in gutem Zustand. Auch der Zementmantel an der Außenseite der Zahnwurzel sowie die geringe Ablagerung von Sekundärdentin bestätigen meine Schlussfolgerung, dass die junge Frau nicht älter als achtzehn Jahre gewesen sein kann, als sie der frühe Tod ereilt hat.

5. Mit Hilfe der Regressionsanalyse unter Anwendung meines osteometrischen Bretts habe ich ermittelt, dass die Person etwa ein Meter fünfundsechzig groß gewesen sein muss."

Damit endete der Bericht.

„Mann, was hast Du Dir da bloß für ein Fachchinesisch zusammengeschrieben, Ralph? War das denn nötig? Du weißt doch, dass Du es nicht mit Medizinern sondern mit Normalsterblichen zu tun hast. Leider habe ich nicht viel von Deinen Ausführungen verstanden. Ich weiß jetzt, dass es sich um ein Mädchen von ungefähr achtzehn Jahren und ein Meter fünfundsechzig Größe gehandelt hat. Aber kannst Du mir diese ganzen Fachausdrücke vielleicht auch in ganz einfachen Worten erklären?"

„Frag nur, Malcolm. Was willst Du denn genau wissen?"

„Na, was zum Beispiel sind Diaphysen und Epiphysen?"

„Diaphysen sind die Schäfte langer Knochen und Epiphysen sind ihre knochigen Kappen. Anfangs sind diese noch voneinander getrennt, und erst in der Mitte des zweiten Lebensjahrzehnts eines Menschen beginnen sie sich zu einer nahtlosen Verbindung zu vereinigen."

„Interessant, und was ist mit dem distalen Ende gemeint?"

„Das distale Ende ist das am weitesten vom Rumpf entfernte Ende des

Oberschenkelknochens."

„Da kommen wir der Sache ja schon etwas näher. Bleibt nur noch zu fragen, was denn eine Regressionsanalyse und ein osteometrisches Brett sind?"

„Ganz einfach. Bei der Regressionsanalyse zieht man Schlüssel auf die Größe einer Person anhand der Länge von verschiedenen Knochen. Die Messungen nimmt man mit einem osteometrischen Brett vor, eine einfache Vorrichtung, bei der ein langer Knochen zwischen zwei Bretter, ähnlich Buchstützen, gelegt und die Länge an einem kalibrierten Lineal abgelesen wird. Die Länge des Knochens in Zentimetern wird zu einem Wert in einer Gleichung, in der sie mit Standardwerten multipliziert und addiert wird. Das Ergebnis entspricht der ungefähren Größe der jeweiligen Person. Je mehr Knochenteile vorliegen, desto genauer werden die Ergebnisse. Wenn man zum Beispiel einen Oberarmknochen von fünfunddreißig Komma zwei Zentimeter Länge hat, dann entspricht das im Allgemeinen einer

Körpergröße von etwa ein Meter achtzig. Nur dass wir in unserem Fall einen wesentlich kürzeren Oberschenkelknochen haben und ich mit Hilfe dieser Methode eine Größe von nur ein Meter fünfundsechzig ermittelt habe."
„Na ja, so verstehe ich das Ganze schon viel besser. Wie sieht es mit Dir aus, Maggie. Hast Du alles verstanden?"
„Oh ja, obwohl ich anfangs auch ganz schön verwirrt war durch die ganzen Fachausdrücke. Nur eines macht mir Sorgen. Bei all den Erkenntnissen hilft uns das doch nicht viel weiter. Wir wissen immer noch nicht, wer sie war und wie sie gestorben ist."
„Da hast Du leider Recht, Maggie. Wegen der fortgeschrittenen Verwesung konnte ich die Todesursache leider nicht feststellen. Die Knochen sind alle in Ordnung. Das ist alles, was ich sagen kann."
„Da kann man nichts machen, Ralph. Aber uns bleiben ja immer noch die Kleidungsteile und der Schmuck. Außerdem habe ich von den Parkers ein paar Dokumente erhalten, die uns vielleicht Aufschluss über die ganze

Angelegenheit geben können. Nur leider sind sie in Italienisch abgefasst, und ich kann kein Italienisch."

„Bitte doch Deine Freundin Prudence Brimsy, Dir zu helfen. Soviel ich weiß hat sie früher mal für ein paar Jahre in Italien gelebt und müsste daher auch die Sprache verstehen können."

„Das ist ja fantastisch, Malcolm. Ich werde sie gleich morgen aufsuchen. Jetzt ist es leider schon ziemlich spät geworden. Zwanzig Uhr, Zeit nach Hause zu gehen und einen ruhigen Abend zu verbringen. Also, dann will ich mal. Ich wünsche Euch noch einen schönen Abend und eine gute Nacht. Vielleicht wissen wir morgen um diese Zeit ja schon mehr."

Nach einer unruhig verbrachten Nacht führte Mrs. Millers erster Weg in die örtliche Bibliothek, um Prudence Brimsy aufzusuchen.

„Meine Güte, Maggie! So früh bist Du ja noch nie hier gewesen. Ist irgendetwas Wichtiges vorgefallen, das nicht warten kann?"

„Du würdest es nicht für möglich halten, wie Recht Du doch hast, Prudence. Schau mal,

was ich hier habe: Ein paar alte Dokumente, die leider alle in Italienisch abgefasst worden sind. Malcolm sagte mir, dass Du Italienisch kannst und dass Du diese Dokumente eventuell für uns übersetzen könntest."
„Ja schon, aber ist es denn wirklich so wichtig, dass es nicht warten kann? Ich habe hier nämlich noch einiges zu tun."
„Bitte, Prudence. Es ist wirklich sehr wichtig. Auf dem Grundstück der Parkers wurde ein vergrabener Sarg gefunden, in dem die Leiche eines unbekannten Mädchen liegt, und diese Dokumente hier können uns vielleicht verraten, wer sie ist, woher sie kam und warum sie dort begraben wurde. Der Leichnam muss in allen Ehren wieder beigesetzt werden, aber wir hoffen natürlich, dass wir vorher noch etwas über sie in Erfahrung bringen können, so dass sie nicht ohne Namen bestattet werden muss. Harry Litter hat sie zwar einstweilen in den Kühlraum verbracht, aber dort kann sie ja nicht ewig stehenbleiben."
„Ich verstehe, das hört sich ja sehr

geheimnisvoll an. Also gut, ich werde sofort damit beginnen, die Unterlagen zu übersetzen. Aber ich brauche etwas Zeit. Wie wäre es, wenn Du heute Nachmittag wieder vorbeischauen würdest?"

Es war gar nicht so einfach für Mrs. Miller die Zeit bis zum Nachmittag abzuwarten. Sie konnte nur noch an dieses arme Mädchen denken, das so früh gestorben war. Ihr Besuch beim Sheriff erwies sich auch nicht als sehr aufschlussreich.

Inzwischen hatte man den Schmuck und die in den Kleidungsresten gefundenen Etiketten näher untersucht und war zu dem Schluss gekommen, dass alles aus Italien stammen musste. Nur ein Schmuckstück war besonders interessant, ein kleines Herz an einer silbernen Kette. In das Herz waren von außen die Buchstaben S. C. Eingraviert worden, und wenn man es öffnete, dann erblickte man das Bild eines jungen Mädchens und eines jungen Mannes. Glücklicherweise hatte das Amulett eine gute Dichtung, so dass das Foto nicht durch die

Flüssigkeit, die sich im Inneren des Sarges gebildet hatte, beschädigt worden war.

Mrs. Miller fragte sich, ob das wohl das Mädchen aus dem Sarg war. Sie sah so glücklich aus auf diesem Foto. Und wer war bloß der Mann.

„Malcolm, ich weiß, dass es sich hierbei um Beweismaterial handelt. Aber wäre es wohl möglich, dass ich dieses Herz mitnehme um weitere Nachforschungen anzustellen?"

„Aber sicher doch, Maggie. Du weißt, wie froh ich über Deine Hilfe bin. Wenn Du etwas herausfindest, dann wäre ich Dir sehr dankbar."

Mrs. Miller verließ das Büro des Sheriffs und ging zielstrebig in Richtung des südlichen Standrandes. Dort wohnte Magdalena Merritt, eine sehr alte Frau, die ihren Lebensunterhalt mit dem Sammeln und Verkaufen von Kräutern verdiente, und die von der Jugend oft respektlos als Kräuterhexe bezeichnet wurde.

„Hallo, Mrs. Merritt", begrüßte Mrs. Miller sie. „Haben Sie vielleicht einen Moment Zeit für mich?"

„Kommen Sie doch herein, Mrs. Miller. Was kann ich denn für sie tun? Möchten Sie vielleicht eine Kräutermedizin gegen Altersbeschwerden?"

„Nein danke, Mrs. Merritt. Ich weiß zwar, dass Ihre Mixturen sehr hilfreich sind, aber deswegen bin ich nicht hergekommen."

„Nicht?" Mrs. Merritts Stimme klang verwundert. Offenbar hatte sie noch nie jemand aus einem anderen Grund aufgesucht. Alle wollten immer nur ihre Mixturen. Wie einsam sie doch sein musste. Mrs. Miller nahm sich fest vor, die alte Dame von nun an öfter zu besuchen und sie auch gelegentlich zu sich nach Hause einzuladen.

„Mrs. Merritt, wenn meine Informationen stimmen, dann sind sie hier geboren worden und müssten daher eigentlich alle Personen, die hier in den letzten fünfzig, sechzig Jahren gewohnt haben, kennen. Sehen Sie hier dieses Medaillon. Kennen Sie vielleicht eine der beiden abgebildeten Personen?"

„Aber sicher! Den Mann kenne ich. Das ist

doch Woody Celentes. Er war ein netter Mann, aber leider ist er bereits verstorben. Woher haben Sie das Medaillon, wenn ich fragen darf?"

„Die Parkers haben vor kurzem sein Haus übernommen und einige persönliche Sachen des Vorbesitzers darin gefunden."

Mrs. Miller war der Meinung, dass sie die alte Dame lieber nicht mit der Geschichte des Sargfundes beunruhigen sollte. Was hätte sie damit schon erreichen können? Aber nun war sie ein großes Stück weiter gekommen, denn jetzt stand fest, dass tatsächlich Woody Celentes den Sarg auf seinem Grundstück vergraben haben musste.

„Sie waren mir eine große Hilfe, Mrs. Merritt. Sie müssen wissen, dass ich mich sehr für die Geschichte dieser Stadt, die ja nun auch meine Heimatstadt ist, interessiere. Daher würde ich mich freuen, wenn Sie mich recht bald einmal besuchen kämen und mir das, was Sie über die Geschichte wissen, erzählen würden. Ich bin schon immer der Meinung gewesen, dass es besser ist, Informationen aus erster Hand zu bekommen und sich nicht nur auf Bücher zu verlassen."

„Danke für die Einladung, Mrs. Miller. Ich nehme sie gerne an."

Nun hatte Mrs. Miller es aber doch eilig, wieder zur Bibliothek zurückzukommen, denn mittlerweile war viel Zeit vergangen und es war bereits vierzehn Uhr. Eigentlich fehlte ja auch nur noch ein Mosaikstein in diesem Puzzle, nämlich die Aufzeichnungen des Woody Celentes.

„Da bist Du ja endlich", wurde sie ganz aufgeregt von Prudence empfangen. „Das Material, das Du mir zum Übersetzen gegeben hast, ist wirklich sehr interessant. Aber sieh' selbst. Ich habe unter anderem auch ein Tagebuch gefunden, das ganz offensichtlich von dem Mädchen, dass hier begraben worden ist, geschrieben wurde."

19. März 1926: Der glücklichste Tag meines Lebens. Heute bin ich einem Mann begegnet, der so gütig und liebevoll ist, dass ich gar nicht anders konnte, als mich in ihn zu verlieben. Woody Celentes, der Name ist

Musik in meinen Ohren, und was noch wunderbarer ist, er scheint sich auch in mich verliebt zu haben.

24. März 1926: Nun habe ich mich schon eine ganze Woche lang mit Woody getroffen. Er ist so rücksichtsvoll und er liest mir jeden Wunsch quasi von den Augen ab. Heute sagte er mir, dass es sein größter Wunsch wäre, mich glücklich zu machen.

2. April 1926: Heute hat Woody mich gebeten, ihn zu heiraten. Er verriet mir auch, dass er Angst hätte, dass ich nein sagen würde, aber wie könnte ich nein sagen, wo ich mir doch nichts lieber gewünscht habe. Er erzählte mir, dass er nach Amerika auswandern wolle. Dabei beobachtet er mich immer noch ängstlich und hoffte, dass ich es mir angesichts der Unsicherheiten in einem fremden Land nicht doch noch anders überlegen würde. Mir war klar, dass unser gemeinsames Leben in Amerika anfangs nicht leicht sein würde, aber ich versicherte ihm, dass meine Heimat fortan dort wäre, wo er auch sein würde. Nun musste er nur noch

offiziell bei meinen Eltern um meine Hand anhalten.

3. April 1926: Wie schnell sich doch vollkommenes Glück in schiere Verzweiflung umkehren kann. Vater hat Woody aus unserem Haus geworfen, als er ihn um meine Hand bat. Er schrie die ganze Zeit, Woody wäre kein Italiener und auch sonst nicht gut genug für seine Tochter. Ich solle irgendwann einmal einen reichen Mann heiraten und er sähe mich lieber tot als mit Woody verheiratet. Oh mein Gott, was sollen wir nun bloß tun. Vater hat mir verboten, Woody je wiederzusehen. Sieht er denn nicht, dass er mir damit mein Herz bricht?

5. April 1926: Woody hat den gefährlichen Aufstieg über die Kletterrosen an meinem Fenster gewagt und ist sozusagen bei Nacht und Nebel zu mir gekommen. Wir waren uns beide einig, dass wir nicht daran dachten, uns zu trennen nur weil mein Vater so starrsinnig war. Nein, wir würden zusammen fliehen. Woody will alles für unsere gemeinsame Flucht nach Amerika vorbereiten und mich

dann nächsten Mittwoch kurz vor Abreise unseres Schiffes entführen. Oh, wie gern ich diesem Plan zustimmte, der trotz dem Ernst der Lage doch auch was ganz besonders Romantisches an sich hatte. Nun ist mein Herz wieder von Musik erfüllt und ich könnte den ganzen Tag tanzen und würde am liebsten jedem von meinem großen Glück erzählen. Aber ich weiß, dass ich vorsichtig sein muss. Vater darf nichts ahnen oder er könnte unser zukünftiges Glück noch in letzter Minute verhindern.

8. April 1926: Heute hatte ich einen großen Streit mit meinem Vater. Obwohl ich mir nichts anmerken lassen wollte, konnte ich mir seine Beschimpfungen und vor allen Dingen seine Beleidigungen und Flüche, die er über Woody ausstieß, nicht länger anhören. Ich habe ihn zurechtgewiesen und ihm ins Gesicht geschmettert, dass er unser Glück nicht verhindern könne. Wir würden es ihm und der ganzen Welt schon zeigen, dass wir zusammen gehören.

9. April 1926: Mir ist so schlecht, mein Magen

dreht sich um, und ich habe das Gefühl, als würde ich von Minute zu Minute schwächer werden. Was ist bloß passiert? Habe ich etwas was Falsches gegessen?

10. April 1926: Nachdem ich mich immer noch nicht besser fühle, habe ich Vater gebeten, einen Arzt rufen zu lassen. Aber er hat mir nur ins Gesicht gelacht und mir höhnisch eröffnet, dass das nun auch nichts mehr nutzen würde. Ich hätte nur noch ungefähr zwei Tage zu leben, denn die Bolognese-Sauce, die ich vor zwei Tagen gegessen hatte, wäre vergiftet gewesen. Er hätte mich ja gewarnt, dass er mich lieber tot als mit Woody verheiratet sehen würde. Oh, hätte ich bloß nicht die Beherrschung verloren und ihm von der geplanten Flucht erzählt. Aber nun war es für solch Gedanken zu spät. Ich konnte nur noch hoffen, dass ich Woody vorher noch einmal sehen könnte damit ich ihm selbst alles erklären könnte. Hoffentlich wird er es nicht zu schwer nehmen, denn leider ist es nicht mehr zu ändern. Vater hat nicht ein Leben, nein er hat mit seiner gemeinen Tat gleich zwei Leben

ruiniert.

13. April 1926: Leider war Serena nicht in der Lage gewesen, ihr Tagebuch weiterzuführen. Ihre treue Erzieherin hat mir nach ihrem so tragischen Tod ihr Tagebuch gebracht, und ich war tief berührt, dass ihre letzten Worte mir gegolten hatten. Aber dieser teuflische gewissenlose Vater, dem eine Tochter so wenig wert war, sollte nicht auf ganzer Linie gewinnen. Zwar hat er mir meine über alles geliebte Serena genommen indem er sie vergiftet hat, aber ihre sterbliche Hülle werde ich ihm nicht überlassen. Mein Schiff fährt erst übermorgen, und ich werde sie mit mir nehmen. Wir werden vereint sein, wenn nicht im Leben, dann im Tode, meine geliebte Serena!

14. April 1926: Es war nicht einfach, denn ständig war jemand in der Kapelle, in der Serena aufgebahrt lag. Aber endlich fand ich die Kapelle verlassen vor. Meine treuen Freunde halfen mir und im Nu hatten wir den Sarg auf unseren Wagen geladen und zum Schiff gefahren. Ja, liebste Serena, nun fährst

Du mit mir in die Freiheit.

Damit endeten die Aufzeichnungen. Mrs. Miller hatte Tränen in den Augen. Sie war erschüttert und zugleich tief bewegt. Was für eine tragische Geschichte! Aber nun lag es in ihrer Hand, das letzte Vermächtnis des Woody Celentes zu erfüllen. Er selbst lag ja bereits auf dem kleinen Friedhof von Isle of Peace begraben.

Als sie dem Sheriff die Aufzeichnungen zeigte, wurde dieser sonst so zurückhaltende Mann von so starken Gefühlen überwältigt, dass auch er Tränen des Mitleids mit diesen beiden unglücklichen Menschen in den Augen hatte.

Bald war es beschlossene Sache, dass Serena Collado mit allen Ehren neben ihrem geliebten Woody Celentes beigesetzt werden sollte. Die Gemeinde hatte neue Helden gefunden.

Es wurde eine große, glanzvolle Beerdigung in allen Ehren durchgeführt. Der Pfarrer hielt eine bewegende Grabrede, und alle Einwohner von Isle of Peace waren

gekommen, um diesem unglücklichen
Mädchen die letzte Ehre zu erweisen.
Die Gemeinde hatte eigens dafür einen neuen
Grabstein anfertigen lassen. Darauf
eingraviert waren die Worte:
Hier ruhen
Serena Collado
und
Woody Celentes,
deren Liebe selbst den Tod besiegte.
Die Geschichte dieser beiden
tapferen Menschen
wird uns immer unvergessen bleiben.
Ihr seid in unseren Herzen!
So waren die beiden Liebenden am Ende
doch noch im Tode vereint, so wie Woody es
dereinst vorausgesagt hatte.

Spuren im Sand

Die Schulklingel unterbrach schrill läutend Mr. Mankers Vortrag über die amerikanische Geschichte. Waren die Schüler vorher noch eher schläfrig gewesen, toste plötzlich ein ohrenbetäubender Lärm.
"Nicht so hastig, meine Lieben."
Mr. Manker musste sich anstrengen um den Lärm zu übertönen.
"Noch seid Ihr nicht entlassen. Da wir uns erst Montag wiedersehen werden, fällt die heutige Hausarbeit etwas größer aus als gewohnt. Auf Seite 50 unseres Geschichtsbuchs beginnt das Thema „Bürgerkrieg". Lest es Euch gut durch, denn ich werde Euch am Montag danach fragen. Da ich, wie Ihr ja wisst, von Überraschungen nicht viel halte, sage ich Euch auch gleich, dass Eure Antworten benotet werden. Und nun geht schon. Ein schönes Wochenende wünsche ich Euch noch."
Keiner der Schüler hatte seine letzten Worte

abgewartet. Als sie verklungen waren, stand Mr. Manker alleine da.
Es war still geworden in dem kleinen Schulhaus. Nur noch seine Kollegen, Mr. Kelvin, Mr. Tilby und Ann Ascott, die Gastdozentin des Fachs Biologie waren noch da. Aber auch Mr. Kelvin und Mr. Tilby hatten es eilig, nach Hause zu kommen. Als Direktor ihrer kleinen Schule blieb es Mr. Manker überlassen, überall nach dem Rechten zu sehen und dann das Gebäude beim Verlassen abzuschließen. Aber er hatte es nie eilig. Vor zwei Jahren war er Witwer geworden, und so wartete zuhause niemand auf ihn. Für gewöhnlich ging er auch nie direkt nach Hause sondern traf sich noch mit einigen älteren Nachbarn zur gemütlichen Klönrunde.
Heute Abend hatte Ann Ascott zugesagt, ihn zum Gemeindehaus zu begleiten. Seine Freunde waren bereits versammelt als er und Ann Ascott das Gemeindehaus betraten. Über einen langen Korridor, zu dessen Seiten sich die Büros der Gemeindevertretung befanden,

erreichten sie den Gemeindesaal, wo sie bereits ungeduldig erwartet wurden, denn Archibald Manker hatte seinen Freunden für den heutigen Abend eine Sensation versprochen. Zu der Gruppe, die sich hier jeden Abend traf, gehörte auch Gregor Woddicott, der Bürgermeister ihrer kleinen Gemeinde. Nancy, seine Frau, Prudence Brimsy, die Bibliothekarin, Malcolm Powell, der Sheriff, Maggie Miller, eine liebe Freundin, die erst vor kurzem hierher gezogen war, um hier einen ruhigen Lebensabend zu verbringen, und Ralph Oscott, der Doktor.
„Guten Abend, Ihr Lieben. Ich hoffe, Ihr musstet nicht zulange warten. Ihr werdet sicherlich bemerkt haben, dass ich heute Abend nicht alleine gekommen bin. Darf ich Euch Ann Ascott vorstellen? Ann ist Gastdozentin an unserer Schule. Ihr Spezialgebiet ist die Biologie."
Ann Ascott war überrascht von der Herzlichkeit, die ihr hier entgegengebracht wurde. Als Stadtmensch war sie es nicht gewöhnt, von ihr völlig fremden Menschen so

empfangen zu werden. Alle wollten ihre Hand schütteln und sie in ihrer Runde willkommen heißen.

Als sich die Aufregung um den Gast in ihrer Runde gelegt hatte, stand Archibald Manker auf und ging zum Podium.

„Ich bitte um Eure Aufmerksamkeit, meine lieben Freunde. Ich habe euch für heute Abend eine Sensation versprochen, und so sehr ich die liebe Ms. Ascott aufgrund ihrer Schönheit und ihrer Intelligenz bewundere, sie habe ich mit der angekündigten Sensation nicht gemeint."

„Heraus damit", forderte Malcolm Powell ihn auf. „Spann uns doch nicht so lange auf die Folter."

„Gestern Morgen sprachen mich zwei meiner Schüler, Greg Anthony und Miles Drissoll, an und baten mich um meine fachliche Meinung. Sie gaben mir diese Fotos. Hier, seht sie Euch an."

Er reichte insgesamt zehn Fotos weiter, die allesamt seltsame Fußspuren zeigten. Sie ähnelten den Fußspuren eines Menschen, nur von der Größe her hätte der besagte Mensch mindestens Schuhgröße 55 haben müssen.

„Das ist ja wirklich eine Sensation", rief Gregor Woddicott ganz aufgeregt.

„Ich sehe schon die Schlagzeilen vor mir: 'Sasquatch-Spuren in Isle of Peace gefunden'. Die Touristen werden in Scharen in unsere kleine Stadt kommen, und Touristen bedeuten Geld."

„Alles Unsinn", meldete sich Malcolm Powell, der Sheriff, zu Wort.

„Ich sage Euch, es gibt weder Geister, übernatürliche Phänomene, noch dass es Sasquatche gibt. Alles reine Einbildung."

„Wenn das wirklich alles nur Einbildung wäre, warum haben dann namhafte Schriftsteller Bücher darüber geschrieben? Kannst Du mir das etwa erklären, Malcolm?" fragte Prudence Brimsy, die Bibliothekarin.

„Ach, Du mit Deinen Büchern. Du müsstest doch wissen, dass die Leute alles schreiben und die Verlage alles drucken, was gekauft wird und somit Geld einbringt. Solche Bücher sind doch nur etwas für nach Sensationen hungernde Leute. Wenn es wirklich Sasquatche gäbe, dann hätte man doch inzwischen bestimmt schon einmal einen fotografiert. Aber Alles, was die sogenannte Fachwelt zu bieten hat, sind unscharfe Fotografien, die genauso gut einen als Sasquatch verkleideten großen Menschen zeigen könnten."

Da unterbrach Archibald Manker sie.

„Nicht so hastig, meine lieben Freunde. Bevor Ihr Euch noch weiter so ereifert, solltet Ihr Euch überlegen, warum ich diese Fotos erst Euch zeige und nicht sofort an die Öffentlichkeit damit gehe. Ich bin nämlich auch noch skeptisch und brauche Eure Hilfe. Wenn es sich wirklich um Sasquatch-Spuren handeln sollte, dann würde Isle of Peace wohl wirklich mit einem Schlag berühmt werden. Aber wenn sich das Ganze als ein Schwindel erweisen sollte, dann könnt Ihr Euch ja vorstellen, wie wir vor der Öffentlichkeit dastehen würden, nämlich als ein Haufen Narren, die alles glauben ohne zu fragen. Habt Ihr das verstanden? Und jetzt sollten wir sachlich an die ganze Angelegenheit herangehen."

„Genau", schaltete sich jetzt auch Maggie Miller in die Diskussion ein.

„Am besten fangen wir bei den beiden Schülern an, von denen Du die Fotos hast. Was sind das für Jungen?"

„Greg Anthony ist ein sehr ernster Junge. Er ist seinen Mitschülern um Jahre voraus und interessiert sich brennend für alles, was mit den Wissenschaften zu tun hat. Miles Drissoll ist das genaue Gegenteil. Sein Mund steht nie still. Er muss sich den Anderen immer mitteilen. Aber auch sein Hobby ist die Wissenschaft. Das verbindet die beiden Jungs."

„Würdest du den beiden Jungen zutrauen, dass sie Dich aufs Glatteis führen wollen?"

„Nein, davon kann gar nicht die Rede sein. Sie haben mich immer respektiert und beteiligen sich in der Regel auch nicht an den gewöhnlichen Streichen, die unsere Schüler so gerne spiele."

„Wo genau wollen sie diese Fotos gemacht

haben?" wollte Nancy Woddicott wissen.

„Sie sagten, dass sie im Wald nach Pilzen gesucht hätten. Dabei kamen sie auch zum Hell's Canyon, und in der davor liegenden Sandfläche haben sie dann diese Spuren entdeckt."

„Haben sie nur diese Fotos gemacht oder haben sie etwa noch andere Beweise mitgebracht?" fragte Malcolm Powell spöttisch.

„Als sie die Bedeutung ihrer Entdeckung begriffen, sind sie schnell nach Hause gelaufen und haben Gips geholt um von den Spuren einen Abdruck zu machen. Sie hatten auch gerade noch Glück, denn kaum dass sie einen Abdruck gemacht hatten, fing es an zu regnen und die Spuren verwischten."

„Das ist ja wieder einmal typisch. Und das sollen wir glauben? Wieder nichts als Spekulationen und das Wort dieser Bürschchen. Also glaubt mir doch endlich, es gibt keine Sasquatche."

Doktor Oscott hatte bis jetzt nur stillschweigend zugehört und nicht in die

Diskussion eingegriffen. Jetzt ergriff er aber endlich auch das Wort.

„Ich denke, dass wir weitere Nachforschungen über dieses Thema anstellen sollten, und zwar jeder für sich. Wir können dann abends unsere Erfahrungen austauschen und erst, wenn wir alle Fakten gesammelt haben, sollten wir uns ein Urteil über diese ganze Geschichte erlauben."

Dieser Vorschlag wurde einstimmig angenommen.

„Nun kann ich Euch ja auch sagen, warum ich Ms. Ascott heute Abend mitgebracht habe. Ms. Ascott hat zugesagt, uns bei unseren Nachforschungen zu unterstützen. Wenn Ihr euch vielleicht wundert, was die Biologie denn mit einem Sasquatch zu tun hat, dann will ich Euch verraten, dass Ms. Ascott nicht nur Biologin ist. Ihre große Liebe gilt der Paläontologie. Und da dieses Fachgebiet einen gewissen detektivischen Spürsinn verlangt, hatte ich gehofft, dass sie sich mit Maggie zusammentun und die Spuren sowie den Gipsabdruck näher untersuchen könnte.

Denn, wie wir ja alle wissen, hat Maggie in der Vergangenheit schon öfter detektivischen Spürsinn erwiesen."

Begeistert stimmte Mrs. Miller zu. Das war endlich mal wieder eine Aufgabe nach ihrem Geschmack.

Im Laufe des Abends wurde jedem Mitglied der Runde eine eigene Aufgabe zugeteilt. Jeder sollte zu dem Gesamtbild, das man sich von der ganzen Angelegenheit machen wollte, beitragen.

Prudence Brimsy würde in der Bibliothek nachschlagen, was sich alles über das Thema Sasquatch und Bigfoot finden ließe.

Ralph Oscott würde seine Söhne, die beide bei der Forstverwaltung arbeiteten, ansprechen und sie fragen, ob ihnen in der letzten Zeit irgendwelche ungewöhnlichen Vorkommnisse gemeldeten worden waren oder ob sie vielleicht Spuren entdeckt hätten, die ihnen unerklärlich waren.

Malcolm Powell würde die Schüler Greg Anthony und Miles Drissoll zusammen mit Archibald Manker noch einmal befragen um herauszufinden, ob die Jungen die Wahrheit berichtet hatten.

Gregor Woddicott hatte als Bürgermeister leider zu viele Pflichten, so dass er keine Zeit für dieses Projekt erübrigen konnte. Aber da er gute Kontakte zur Presse unterhielt, versprach er, sich um die Veröffentlichung zu kümmern wenn sich herausstellen sollte, dass an der Sache etwas dran war.

Bereits am darauf folgenden Abend konnte Prudence ihnen einen kurzen Bericht zum Thema Sasquatch und Bigfoot abgeben.

"Gerüchte über riesige, haarige, affenartige Lebewesen, die in den Blue Mountains von Washington und Oregon zu Hause waren, kamen bereits im 19. Jahrhundert auf", fing sie an zu erzählen. „Wie Ihr Euch ja denken könnt, erhielt dieses fabelhafte Wesen den Namen Bigfoot wegen der riesigen, bis zu zwei Fuß langen Fußabdrücke, die es hinterließ. Natürlich meldeten sich auch bald ein paar verwegene Typen, die den Bigfoot gesehen und sogar mit ihm gekämpft haben wollten. Nach ihren Aussagen handelte es

sich bei dem Wesen um eine riesige, menschenähnliche Kreatur mit langen Armen, die mindestens achthundert Pfund wiegen musste. Ihr Gesicht war durch eine fliehende Stirn und durch wulstige Augenbrauen charakterisiert."
Wie gebannt hörten ihre Freunde ihr zu. Das war ja äußerst interessant.
Ralph Oscott hatte auch bereits mit seinen Söhnen gesprochen. Weder Harry, sein Ältester, noch Bill, sein Jüngster hatten von irgendwelchen ungewöhnlichen Vorkommnissen gehört oder selbst welche erlebt. Also war dieser Teil der Nachforschungen zu einer Sackgasse geworden, die nicht weiterführte. Nun ruhten alle Hoffnungen auf Mrs. Miller, Ms. Ascott, Malcolm Powell und Archibald Manker. Aber sie würden mit ihren Nachforschungen erst am Montag beginnen können wenn die Schule wieder anfing. Gregor Woddicott hatte nämlich entschieden, dass es den Fall viel zu sehr aufbauschen würde, wenn man die Schüler am Wochenende zuhause befragte.

Und man wollte nun wirklich nicht einen Elefant aus einer Mücke machen. Bevor sie sich ihrer Sache nicht ganz sicher waren, würde es nur schaden, zu viel Aufsehen zu erregen.

Das Wochenende verlief ruhig und ohne besondere Vorkommnisse, wie gewöhnlich. Man traf sich im Gemeindehaus zum Skatspielen, aber die Nachforschungen in Bezug auf den Wahrheitsgehalt der Fußspuren eines eventuellen Sasquatch wurden nicht weiter erwähnt, um die gespannte Atmosphäre nicht noch weiter anzuheizen. Wenn man unter größtem Bedauern bis Montag abwarten musste, dann war es besser, vorher auch kein einziges Wort darüber zu verlieren, half es doch der Sache keineswegs, wenn die Einwohner sich in Spekulationen verlieren würden.

Endlich war es Montag, obwohl die Schüler wohl anders darüber dachten. Es löste eine allgemeine Überraschung aus, dass Greg Anthony und Miles Drissoll, diese beiden Musterknaben, zum Direktor zitiert wurden.

Was mochten die beiden wohl angestellt haben? Die Smartphones liefen heiß, denn das war wirklich mal etwas, was die Schüler heiß diskutierten. Die wildesten Gerüchte und Vermutungen wurden in Umlauf gebracht. Betsy Morigan wollte wissen, dass die beiden dabei überrascht worden waren, wie sie die Ergebnisse für die morgige Klausur kopieren wollten, und Randy McDowell meinte gar, dass man in ihrem Schrank Alkohol gefunden hätte.

Und die beiden, um die sich alles drehte? Was dachten sie wohl, dass alle, an denen sie auf ihrem Weg zum Direktor vorbeikamen, abrupt ihre Gespräche unterbrachen und sie nur anstarrten. Sehr wohl war den beiden dabei sicherlich nicht zumute. Und als sie dann auch noch so viele Leute versammelt sahen, die bereits im Büro des Direktors auf sie warteten, da wurden sie ganz kleinlaut und wären am liebsten in ein Loch gekrochen. Archibald Manker stellte ihnen Mrs. Miller vor, den Sheriff und Ms. Ascott kannten sie ja bereits. Als er ihnen eröffnete, dass er noch ein paar Fragen zu den von ihnen fotografierten Fußspuren hätte und dass er sich auch den Gipsabdruck gerne mal ausleihen würde, entspannten sie sich wieder. Auf einmal kamen sie sich sehr wichtig vor.

„Jungs, ich freue mich, dass Ihr uns helfen wollt", begann Archibald Manker. „Zuerst möchte ich Euch bitten, Mrs. Miller und Ms. Ascott eine genaue Beschreibung darüber zu geben, wie sie zu dem Fundort der Fußspuren kommen. Die beiden würden das Ganze gerne aus der Nähe betrachten."

„Nichts leichter als das, Herr Direktor. Also, zuerst müssen Sie den Wald in Richtung der Rockies auf dem Hauptweg durchqueren. Bei Verlassen des Waldes halten Sie sich dann links bis sie zum Hell's Canyon gelangen. Dort führt ein schmaler Weg auf die andere Seite. Schon vom höchsten Punkt aus können Sie dann die Sandfläche entdecken, die sich dahinter erstreckt. Dort haben wir die Spuren gefunden."

Das war alles, was Ms. Ascott und Mrs. Miller für den Moment interessierte. Also machten

sie sich sofort auf den Weg. Vorsichtshalber nahmen sie ausreichend Gips und Fotomaterial mit, denn sie hofften ja, fündig zu werden und weitere Spuren zu finden.
Währenddessen fuhren Malcolm Powell und Archibald Manker fort, die beiden Schüler zu befragen. Aber sie konnten ihnen keine weiteren brauchbaren Informationen mehr geben. Jedoch gewannen beide Herren den Eindruck, dass die Schüler durchaus glaubwürdig waren. Bereitwillig beantworteten sie alle Fragen und es gab keinerlei Anzeichen dafür, dass sie das Ganze als einen großen Spaß betrachten würden.
„Ihr wart sehr hilfreich, Jungs", bemerkte Mr. Manker abschließend. „Ich würde mich sehr freuen wenn Ihr den Fußabdruck, den Ihr gemacht habt, morgen mit zur Schule bringen würdet, damit wir ihn uns genauer anschauen können. Und noch eins, Jungs. Ihr dürft auf keinen Fall auch nur ein Wort über diesen Fall gegenüber irgendjemand verlieren, bis wir unsere Untersuchungen beendet haben. Ich hoffe, Ihr versteht, wie wichtig das ist. Könnt

Ihr mir das versprechen?"

Die beiden versicherten, dass ihnen die Wichtigkeit des Stillschweigens in dieser Angelegenheit durchaus bewusst war. Damit waren sie dann fürs Erste entlassen.

Mrs. Miller und Ms. Ascott waren ganz außer Atem als sie mit ihren Fahrrädern endlich die beschriebene Sandfläche erreichten. So sehr sie auch suchten, sie konnten keine rätselhaften Spuren finden; alles, was sie fanden, waren die üblichen Spuren von Tieren, die in dieser Gegend zahlreich vorkamen. Enttäuscht weiteten die beiden Frauen das Suchgebiet zu beiden Seiten des Canyons aus. So durchforsteten sie an diesem Tag immerhin ein Gebiet von insgesamt zwei Quadratkilometern. Dennoch hatten sie nach ihrer Rückkehr keine weiteren Ergebnisse vorzuweisen. Daher nahmen sie sich vor, auch am nächsten Tag noch einige weitere Flächen abzusuchen. So leicht wollten die beiden nun wirklich nicht aufgeben.

Den Vormittag des nächsten Tages verbrachten sie allerdings erst einmal mit der

Untersuchung des Gipsabdrucks, den die beiden Jungen wie versprochen mitgebracht hatten.

Hier waren die Vorträge über ungeklärte Phänomene, die Ms. Ascott während ihrer Studienzeit besucht hatte, sehr hilfreich. Besonders beeindruckt hatte sie damals eine Vorlesung eines Gastdozenten namens Grover Krantz über das Phänomen des Bigfoot. Aber eigentlich war ihr Mr. Krantz nicht sehr sympathisch gewesen, denn frustriert über den Spott seiner Wissenschaftskollegen darüber, dass er sich überhaupt mit einer solchen Sache abgab, hatte er geschworen, dass er den ersten Sasquatch, der ihm über den Weg lief, erschießen würde um den so dringend benötigten Beweis präsentieren zu können. Und das alles im Namen der Wissenschaft. Nein, diese Einstellung verabscheute Ann. Aber wie gesagt, seine Ausführungen über den Sasquatch waren sehr umfangreich und interessant gewesen.

Ann Ascott war ganz in die Untersuchung des

Gipsabdrucks versunken, da stieß sie plötzlich einen Freudenschrei aus. Aufgeregt rief sie Mrs. Miller herbei.

„Sehen Sie nur, was ich entdeckt habe. Hier, es sind ganz deutlich Anzeichen von Schweißporen und Hautabriebsmuster an den Fußsohlen zu erkennen. Und dann noch dies hier, der Fußknöchel scheint weiter nach vorn verlagert zu sein als bei allen anderen bekannten Primatenarten."

„Und was hat das zu bedeuten? Könnte der Fußabdruck nicht trotzdem gefälscht sein?"

„Oh nein, Mrs. Miller. Ich bin jetzt ziemlich überzeugt davon, dass es sich hierbei nicht um eine Fälschung handeln kann. Diese Anzeichen decken sich mit den letzten Forschungsergebnissen, die Mr. Krantz, ein Fachmann auf dem Gebiet des Sasquatch, veröffentlicht hat. Und ich bin überzeugt davon, dass nicht einmal der beste Fälscher in der Lage wäre, diese Merkmale zu fälschen."

Als sie abends den Anderen von ihren Untersuchungen berichteten, waren alle

Feuer und Flamme und die Mehrheit war für eine umgehende Veröffentlichung. Doch Mrs. Miller mahnte zur Vorsicht und warnte vor übereiligen Schritten. Nur der eine Fußabdruck alleine würde ganz bestimmt als Beweis nicht ausreichen, und daher wäre es sicherlich besser, noch weitere Gebiete abzusuchen, ob sich nicht noch mehr Fußspuren finden ließen. Daher wurde beschlossen, noch weitere zwei Tage abzuwarten, ehe die Presse eingeschaltet werden würde.

Gleich am nächsten Morgen machte Mrs. Miller sich wieder auf den Weg, diesmal alleine, denn Ms. Ascott konnte ihren Unterricht nicht ausfallen lassen. Doch gegen Mittag hatte sie immer noch nichts entdecken können. Enttäuscht kehrte sie nach Hause zurück. Als sie gerade wieder aufbrechen wollte, klingelte das Telefon.

„Bin ich froh, dass Du zuhause bist", ertönte Archibalds Stimme. „Du musst sofort herkommen. Ich habe interessante Neuigkeiten über den Sasquatch".

„Ich bin gleich bei Dir."

Als Mrs. Miller die Schule betrat, war sie überrascht über die allgemeine Unruhe, die dort herrschte. Anscheinend war doch etwas durchgesickert. Und als sie das Büro von Archibald Manker erreichte, waren die Schüler Greg Anthony und Miles Drissoll bereits dort.

„Sieh nur, Maggie, was die beiden mir gerade gebracht haben." Die Worte sprudelten nur so aus ihm heraus, so begeistert war er. Mrs. Miller betrachtete die Fußabdrücke, die er ihr hinhielt. Sie unterschieden sich kaum von den bereits untersuchten.

„Wo habt Ihr die denn bloß gefunden?" fragte sie die beiden Jungen.

„Och, wir haben eigentlich gar nicht danach gesucht. Es war der reine Zufall. Gestern Nachmittag sind wir runter gegangen zum Columbia River. Dort, ungefähr in der Höhe von Nelson, haben wir die Spuren gefunden. Während Greg an Ort und Stelle blieb, bin ich nach Hause gefahren, um Gips für neue Abdrücke zu besorgen."

„Das ist doch wirklich sensationell",

schwärmte Ann Ascott, die inzwischen auch zu der kleinen Gruppe gestoßen war. „Damit werden wir in der ganzen Fachwelt bekannt werden. Ich darf sogar ohne Übertreibung sagen, dass diese Sache unsere Treppe zum Weltruhm ist. Bald werden alle, die sich für unerklärliche Phänomene interessieren, unbedingt Isle of Peace besuchen wollen. Denkt doch nur mal daran, was nach dem Ufofund mit Roswell passierte."

„Trotzdem sollten wir noch warten, zumindest bis die vereinbarten zwei Tage vorüber sind. Ich möchte nämlich noch verschiedene Untersuchungen anstellen."

„Du machst mich neugierig, Maggie. Was genau hast du denn vor?"

„Das kann ich Dir jetzt noch nicht sagen, Archibald. Wenn ich Recht habe, dann werdet Ihr Euch noch freuen, dass ich so beharrlich bin. Aber ich hoffe, dass Ihr Verständnis dafür habt, dass ich Euch erst morgen Abend zum verabredeten Zeitpunkt Einzelheiten erzählen kann." Mit diesen geheimnisvollen Worten verließ Mrs. Miller den Raum.

Am nächsten Morgen herrschte große Aufregung in der Schule. Jemand war in den Werkraum eingebrochen und hatte ein paar Kilo Gips entwendet. Die Spurensuche ergab, dass die Unbekannten offensichtlich durch das Fenster, das auf Kipp gestanden hatte, eingedrungen waren. Glücklicherweise waren deutliche Fußabdrücke im Sand vor dem Fenster zu erkennen. Archibald rief Mrs. Miller und den Sheriff zu Hilfe, um bei der Aufklärung des Falles zu helfen. Zuerst wurden Gipsabdrücke der Fußspuren angefertigt, dann wurden sämtliche Schüler einzeln hereingerufen und ihre Schuhsolen wurden mit den Gipsabdrücken verglichen. Welche eine Überraschung! Die Schuhsohlen von Greg Anthony und Miles Drissoll stimmten genau mit den Abdrücken überein. Wer hätte das gedacht!

„Also Jungs, heraus mit der Sprache. Warum habt Ihr so etwas Dummes gemacht?"

„Aber wir schwören, wir waren es nicht."

„Redet doch keinen Unsinn." Der Sheriff war nicht bereit, sich die Ausreden dieser Jungen anzuhören. Gerade von diesen Beiden hatte er so etwas nie erwartet. Aber die Beweise waren erdrückend. „Ihr seht doch, Ihr seid überführt. Dies sind die Fußspuren, die wir vor dem Fenster des Werkraums gefunden haben, und wie Ihr sehen könnt, stimmen sie genau mit Euren Fußsohlen überein. Wie wollt Ihr mir das erklären? Das kann nur heißen, dass Ihr das auch gewesen seid!"

„Das beweist gar nichts", noch immer leugneten die Jungen. „Die Fußabdrücke können auch gefälscht worden sein."

„Wie meint Ihr das denn?" meldete Mrs. Miller, die zwar versuchte, einen ernsten Gesichtsausdruck beizubehalten, ein Schmunzeln aber kaum unterdrücken konnte, sich zu Wort.

„Na ja, jemand mit ähnlichen Fußabdrücken könnte versucht haben, uns eins auszuwischen."

„Ich kann Euch nur eins sagen, Jungs. Wenn Ihr keine bessere Ausrede habt, dann bleibt mir leider nichts anderes übrig, als Euch in die Erziehungsanstalt in Spokane einzuweisen.

Ihr wisst, was das heißt. Das wünsche ich wirklich keinem."

In den Gesichtern der beiden Jungen spiegelte sich das Entsetzen, das sie bei dieser Eröffnung befiel, aber der Sheriff blieb ungerührt. Er hatte erreicht, was er wollte, nämlich den Jungen Angst einzujagen. Jetzt würden sie ganz bestimmt aufhören, so überheblich zu sein und endlich Farbe bekennen. Wenn sie erst einmal ihre Schandtat zugaben, dann würden sie schon gemeinsam eine Lösung finden.

„Nein, nein. Bitte nicht. Wir waren das nicht. Wir haben nicht hier eingebrochen und können Ihnen auch beweisen, dass man durchaus Fußabdrücke fälschen kann. Jetzt ist sowieso alles egal. Wir haben das nämlich selbst schon einmal gemacht. Man braucht bloß eine Gipsform zu erstellen und kann dann in jedem losen Untergrund beliebig viele Spuren hinterlassen."

„Das ist ja äußerst interessant. Welche Fußspuren habt Ihr denn gefälscht?" fragte Mrs. Miller. Sie war die Ruhe in Person und offensichtlich keineswegs überrascht über die Eröffnungen der beiden Lausebengel.

„Sie werden es sicherlich schon wissen. Ich hatte von Anfang an den Eindruck, dass Sie uns durchschaut haben, Mrs. Miller. Vor Ihnen kann man wohl nichts verbergen. Natürlich reden wir von den Abdrücken des Sasquatch. Wir beide sind begeisterte Computer-Freaks und Hobby-Wissenschaftler. Als wir ein neues Zeichenprogramm bekamen, da haben wir uns gedacht, dass es doch toll wäre, wenn man wissenschaftliche Spuren genau nach Beschreibung eingeben und diese dann reproduzieren könnte. Zuerst war es ja nur ein großer Spaß, aber dann wollten wir sehen, wie überzeugend diese Reproduktionen wären."

„Was mich nun noch interessiert ist, wie seid Ihr genau vorgegangen?"

„Das war einfacher, als wir dachten. In einem Buch über den Sasquatch sind wir auf genaue Beschreibungen der bis jetzt gefundenen Fußabdrücke gestoßen. Diese Angaben haben wir dann in den Computer eingegeben.

Das Programm brauchte zwar einige Zeit für die Berechnungen, aber dann erschien ein dreidimensionaler Fußabdruck auf dem Bildschirm. Mit diesen Informationen war es uns dann ein Leichtes, Gipsformen anzufertigen, die bis ins kleinste Detail mit den neuesten Forschungsergebnissen übereinstimmten. Weil wir ja auch den Eindruck einer schweren Kreatur erwecken wollten, haben wir die Abdrücke dann mit Wasser gefüllt und sie in die Gefriertruhe gelegt. Nachdem das Ganze dann gefroren war, nahmen wir die Abdrücke, gingen zum Hell's Canyon und dann pressten wir die Eisabdrücke mit aller Kraft in den lockeren Sand. Als das Eis geschmolzen war, blieben perfekte Spuren im Sand zurück, die durch das verlaufende Wasser sogar noch größer erschienen. Die Fotos, die wir dann machten, haben sie ja bereits gesehen."

„Danke, Jungs, das war es dann. Ihr könnte gehen. Ich werde dem Sheriff und Mr. Manker erklären, dass Ihr nicht in den Werkraum eingebrochen seid. In Wahrheit gab es nämlich gar keinen Einbruch. Ich wollte Euch nur eine Falle stellen, in die Ihr dann auch sofort reingefallen seid."

Erleichtert verließen Greg und Miles den Raum. Das war ja gerade noch einmal so gut gegangen.

Als die beiden gegangen waren, bestürmten Malcolm und Archibald Mrs. Miller verständlicherweise mit Fragen.

„Wie bist du bloß dahintergekommen. Selbst Ms. Ascott war doch überzeugt, dass es sich bei den Spuren um echte Spuren eines Sasquatch handelte?"

„Was eine echte Detektivin ist, die gibt nicht so leicht auf und lässt sich auch nicht so leicht überzeugen", erwiderte Mrs. Miller.

„Es gab mehrere Gründe, warum ich an der Geschichte der Jungs zweifelte. Der erste große Fehler unterlief ihnen, als sie uns zusätzliche Fehler vom Ufer des Columbia River präsentierten. Sie konnten ja nicht wissen, dass ich selbst diese Gegend bereits abgesucht und nichts gefunden hatte. Also konnte es sich ja nur um Fälschungen handeln."

„Schön und gut. Aber wie bist Du auf die Idee mit den gefälschten Fußabdrücken gekommen?"

„Das war eigentlich mehr Zufall gewesen. Ich war am Abend noch lange auf weil ich nicht schlafen konnte. Die ganze Zeit musste ich an die Fußabdrücke denken. Um mich abzulenken und auf andere Gedanken zu kommen, holte ich meine ganzen Fotoalben hervor und fing an, in Erinnerungen zu versinken. Und, was glaubt Ihr, habe ich da gefunden?"

„Spann uns doch nicht so lange auf die Folter, Maggie!" forderte Archibald Manker sie auf. „Heraus mit der Sprache. Was hast Du entdeckt?"

„Ja, wisst Ihr, ich war schließlich auch einmal jung. Zufälligerweise erwischte ich gerade ein Fotoalbum aus meiner eigenen Schulzeit, und unter Anderem enthielt es auch Bilder von Abdrücken, die wir schon damals nach demselben Prinzip hergestellt hatten. Zwar waren wir technisch noch nicht so weit fortgeschritten. Aber wir hatten dieselbe Idee. Nur dass wir nicht ein so spektakuläres Objekt wie den Sasquatch wählten. Wir entschieden uns für Mammutabdrücke und Ihr könnte versichert sein, dass wir damals genau so viel Aufregung verursacht haben. Aber ehrlich gesagt, wir hätten es niemals zu einer Veröffentlichung kommen lassen."

„Na so was, und wir haben immer gedacht, dass Du schon immer ein Vorbild für andere gewesen bist. Wie man sich doch täuschen kann!"

„Seht Ihr, man darf nie über etwas oder jemanden urteilen, ohne alle Details zu kennen. Ich bin überzeugt, dass die beiden Jungen ihre Lektion gelernt haben. Der Schreck, den Du, Malcolm, ihnen eingejagt hast, ist bestimmt sehr heilsam und sie werden gewiss nie wieder etwas so Dummes anstellen!"

Die Geschichte einer Stadt

Mrs. Miller war gerade dabei, in ihrem Lieblingssessel, den sie noch von ihrer Großmutter geerbt hatte, in Ruhe ein Buch zu lesen, als das Telefon schrill ihre Ruhe unterbrach.

„Hallo, Maggie", ertönte die Stimme Prudence Brimsys am anderen Ende.

„Ich muss heute Abend leider länger in der Bibliothek bleiben, denn das Komitee, das mir meine Geldmittel bewilligt, tagt und ich möchte versuchen, wieder Geld für ein paar dringend notwendige Neuanschaffungen zu bekommen. Daher werde ich es leider nicht mehr schaffen, noch einzukaufen. Ich weiß zwar, dass ich auch nach Ladenschluss noch etwas bei Tante Susy und Onkel Fred bekommen kann, aber ich nutze diese Möglichkeit nur in Notfällen aus. Außerdem weiß ich noch gar nicht, wie lange es dauern wird, und ich möchte die beiden nicht unbedingt so spät abends noch stören. Wäre es Dir vielleicht möglich, ein paar Kleinigkeiten für mich zu besorgen und sie mir dann vorbeizubringen, sagen wir so gegen neun Uhr heute Abend? Dann könnten wir doch auch noch ein wenig plaudern. Vor lauter Arbeit habe ich Dich ja in den letzten Tagen kaum sehen können.

„Kein Problem, Prudence. Was brauchst Du denn?"

„Da wären Kaffee, Dosenmilch und Zucker. Den Kaffee, den brauche ich morgens einfach, sonst wache ich gar nicht erst richtig auf. Und leider habe ich heute Morgen den Rest verbraucht. Ich komme fast jeden Abend so spät erst aus der Bibliothek weg, dass ich einfach noch nicht einkaufen gekommen bin. Ach ja, mein Kühlschrank ist deswegen auch fast leer. Könntest Du uns vielleicht etwas Frischmilch, Brot und ein wenig Auflage für heute Abend mitbringen? Weißt Du, ich habe mir gedacht, dass wir dann auch gleich zusammen Abendbrot essen könnten. Hoffentlich macht Dir das nicht zu viel Umstände!"

„Keineswegs, Prudence. Ich wollte so und so noch ein paar Kleinigkeiten für mich selbst einkaufen. Und was Deine Einladung zum Abendessen betrifft, die nehme ich doch gerne an. Also, dann sehen wir uns heute Abend bei Dir zuhause. Viel Glück bei Deinem Gespräch mit dem Komitee."

Der einzige Einkaufsladen von Isle of Peace war in der Main Street, sehr zentral gelegen. Hierbei handelte es sich noch um ein Relikt aus den Pioniertagen, und darauf waren die Einwohner von Isle of Peace auch sehr stolz. Fast überall in den Staaten waren diese kleinen Läden nach und nach geschlossen worden weil sie der Konkurrenz der großen Einkaufsketten nicht standhalten konnten. Nicht so in Isle of Peace. Natürlich hatten auch hier die großen Einkaufsketten versucht, Fuß zu fassen. Aber die Solidarität der Einwohner von Isle of Peace mit dem Ehepaar Moffett, das allseits nur als Tante Susy und Onkel Fred bekannt war, hatte das zu verhindern gewusst. Solange Tante Susy und Onkel Fred lebten, wollte man hier keinen anderen Einkaufsladen haben. Das einzige Zugeständnis, zu dem die Gemeinde bereit war, hatte auf Initiative des Bürgermeisters vor einigen Jahren zu der Eröffnung des Heim- und Gartencenters geführt, denn diese Artikel hatten noch nie zu der von den Moffetts angebotenen Produktpalette gehört. Wenn Leute, die hierherzogen nicht bei den beiden einkaufen wollten, dann konnten sie ja nach Spokane fahren und dort einkaufen. Hier in Isle of Peace war der Einkaufsladen einer der Mittelpunkte, wo jeder jeden traf und man sich noch Zeit für die Kommunikation miteinander nahm. Tante Susy und Onkel Fred waren beide hier in Isle of Peace geboren und aufgewachsen. Sie kannten alle alteingesessenen Einwohner, riefen sie beim Vornamen und nahmen regen Anteil an ihren Schicksalen.

Jedes Mal, wenn Mrs. Miller den Laden betrat, fühlte sie sich um ein Jahrhundert in der Zeit zurück versetzt. Hier sah wirklich noch alles wie zur Zeit der Eröffnung des Ladens vor nunmehr hundertfünfzig Jahren aus. Alles war liebevoll gepflegt und, wenn nötig restauriert worden. Hier gab es keine Fertigpackungen und die würde es hier auch nie geben. In einer Ecke des Ladens waren große Zucker- und Mehlsäcke aufgestapelt, denn beides wurde noch pfundweise abgewogen. In einer anderen Ecke befanden sich große Mengen an Stoffballen, von denen der Stoff auf Nachfrage meterweise abgeschnitten wurde. Ja, hier fand man wirklich beinahe Alles, was man zum Leben brauchte. Die Angebotspalette reichte von Lebensmitteln über Stoffe bis hin zu Büchern. Hier wurde noch jeder Kunde vom Ladenbesitzer oder seiner Frau persönlich bedient.

Wie gewöhnlich waren auch ein paar Kinder im Laden, um sich die in großen Gläsern einzeln aufbewahrten Süßwaren abwiegen zu lassen.

„Hallo, Maggie", wurde sie von Tante Susy begrüßt. „Ich hoffe, dass es Dir nichts ausmacht, ein wenig zu warten. Ich bin hier gleich fertig."

Sie riss ein großes Stück Papier von der auf der Ladentheke bereitstehenden Rolle und formte eine kleine Tüte, in die sie liebevoll die von den Kindern ausgesuchten Bonbons füllte.

Freudestrahlend nahmen die Kinder ihre Zuckertüten entgegen.

'Wie idyllisch', dachte Mrs. Miller. 'Wo findet man heutzutage noch so etwas in unserer hektischen Zeit?"

„So, da wäre ich, Maggie. Wie geht es Deinem Bein?"

„Danke der Nachfrage. Nach der Bestrahlung durch unseren guten Doktor ist es schon viel besser geworden. Es war wohl nur eine Verstauchung."

„Da hast Du ja wirklich Glück gehabt. Ich hoffe, dass Du in Zukunft aufpasst, dass Dir so etwas nicht noch einmal passiert."

„Dessen kannst Du Dir sicher sein. Was macht Onkel Fred, er ist doch sonst auch immer hier?"

„Er ist nach Spokane gefahren, um Lebensmittel einzukaufen. Was kann ich denn heute für Dich tun, Maggie?"

„Zuerst einmal habe ich Prudence versprochen, ihr unbedingt Kaffee,

Dosenmilch, Zucker, Frischmilch, Brot und Auflage mitzubringen. Hier ist schon einmal die Milchkanne. Bitte einmal vollmachen."
Auch das war noch so wie früher. Hier wurde die Milch nicht in Kartons oder Plastikbeuteln verpackt verkauft. Die Bauern der Umgebung lieferten sie jeden Tag frisch in großen Kübeln an. Diese Kübel wurden dann an die Zapfanlage angeschlossen, und wenn die Kunden mit ihren Milchkannen kamen, wurde die Milch stets frisch gezapft. Für einen Liter Milch mussten Tante Susy und Onkel Fred zirka zwanzigmal pumpen. Aber dafür schmeckte die Milch umso köstlicher. Jeder Tourist, der einmal hier in Isle of Peace die Milch frisch vom Bauern probiert hatte, der konnte sich, wenn er nach dem Kurzurlaub in seine Heimatstadt zurückfuhr, nur noch sehr schwer an die abgepackte Milch gewöhnen.
„Und wie geht es Euch sonst so?" fragte Mrs. Miller.
„Ganz gut, meine Tochter Marilyn war vor ein paar Tagen mit unserem Enkelkind hier. Du kannst Dir vorstellen, dass das ganz schön

turbulent war. Freddie ist immerhin erst ganze drei Jahre alt. Alles musste er anfassen, alles probieren. Man musste ihn ständig im Auge behalten. Nie wusste man, was er als Nächstes anstellen würde."
„Das kann ich mir vorstellen. Aber Ihr habt doch alles gut überstanden, denke ich."
„Ja, bis auf eine Sache. Seltsamerweise kann Fred seine alte Feldflasche und seine Pfanne aus den Goldgräberzeiten nicht mehr finden. Wahrscheinlich ist es nur eine Sache der Zeit, bis er die Sachen wiederfindet. Es sind ja keine wertvollen Dinge, und daher glauben wir nicht, dass jemand sie gestohlen haben könnte. Wir vermuten eher, dass unser kleiner Enkel wohl doch einmal unbeobachtet war und die Sachen irgendwo verstecken konnte, denn das hat ihm ein Heidenvergnügen bereitet."
Nach einer vergnüglichen Unterhaltung und nachdem Tante Susy ihr alle gewünschten Lebensmittel zusammengepackt hatte, verließ Mrs. Miller, leise ein Lied vor sich hin summend, den Laden. So eine Unterhaltung

mit Tante Susy verfehlte ihren Effekt nie. Susy Moffett hatte ein Talent, alle Leute mit ihrer Fröhlichkeit anzustecken. Wie Prudence ihr einmal erzählte, hatte sie Tante Susy in all den Jahren, die sie sie jetzt schon kannte, noch nie schlecht gelaunt oder traurig gesehen. Sie war die Seele des Geschäfts, und manchmal kamen die Leute nur zu ihr, um ihr unter dem Vorwand, etwas einkaufen zu wollen, ihr Herz auszuschütten.

Gegen neun Uhr abends klingelte Mrs. Miller wie verabredet bei Prudence Brimsy, die ein kleines Haus in der Nähe der Bibliothek bewohnte.

„Hallo, da bist Du ja," wurde sie von Prudence begrüßt, die ein großes Handtuch wie einen Turban um den Kopf gewickelt hatte, um das Trocknen der Haare zu beschleunigen und zu verhindern, dass sie sich erkältete. „Ich bin Dir ja so dankbar, dass Du meine Einkäufe erledigt hast. Wie Du sehen kannst, bin ich noch nicht lange zuhause. Ich bin gerade erst aus der Dusche gekommen."

„Ich freue mich immer, wenn ich Dir helfen

kann, Prudence."

Prudence ging voran in die Stube. Dort hatte sie den Tisch bereits für ein gemütliches Abendessen zu zweit gedeckt.

„Nun erzähl aber mal, wie ist es Dir mit dem Komitee ergangen? Hast Du das Geld für die Bücher bekommen?"

„Ich habe zwar nicht so viel Geld bekommen, wie ich gehofft hatte, aber es wird für ein paar wichtige Neuanschaffungen genügen. Weißt Du, ich habe nicht daran gedacht, dass die Hundertfünfzig-Jahr-Feier ansteht. In vier Monaten ist es soweit. Und das Fest, dass die Stadt zu diesem Anlass veranstaltet, kostet viel Geld."

„Interessant, ich wusste zwar, dass Isle of Peace schon ziemlich alt ist, aber dass wir dieses Jahr das hundertfünfzigjährige Bestehen unseres kleinen Ortes feiern, das war mir noch nicht bekannt. Ich lebe ja erst seit sieben Monaten hier. Wahrscheinlich ist es an der Zeit, dass ich mich mit der Geschichte von Isle of Peace näher befasse. Hast Du irgendwelche Veröffentlichungen hierüber?"

„Leider nein, hier gibt es nur Überlieferungen. Ich weiß Vieles von meinem Vater und der hat wiederum alles von seinem Vater gehört. Eigentlich schade. Das würde bestimmt guten Stoff für ein Buch abgeben."

„Ich denke für heute Abend ist es schon zu spät, um die Geschichten Deines Vaters alle anzuhören, aber ich würde das gerne ein anderes Mal nachholen. Hättest Du vielleicht Lust, am Wochenende zu mir zu kommen und mir etwas mehr darüber zu erzählen? Ich jedenfalls würde mich sehr freuen."

„Das hört sich gut an, Maggie. Aber jetzt noch etwas Anderes: Kannst du Dir vorstellen, dass der Vorsitzende des Komitees, unser lieber Bürgermeister, mich gefragt hat, ob ich nicht Lust hätte, ihnen bei der Planung des großen Festes zu helfen? Sie suchen nämlich noch Freiwillige. Natürlich habe ich begeistert zugesagt. Und ich hoffe, dass Du mir nicht böse bist. Aber ich habe ihnen vorgeschlagen, dass Du und ich ein Team bilden und dass wir uns um einige besondere Attraktionen für das

Fest bemühen. Und sie waren einverstanden. Am Mittwochabend treffen sich die Organisatoren des Festes im Gemeindehaus, um alles Weitere zu besprechen. Es sind alles Freiwillig."
„Das ist ja herrlich. Ich wäre sogar traurig gewesen, wenn Du nicht an mich gedacht hättest. Die Arbeit wird mir wirklich Spaß machen. Aber sag mal, wie bist Du eigentlich auf das Thema 'Besondere Attraktionen' gekommen?"
„Weißt Du, ich wusste doch schon immer, dass Dich die Geschichte von Isle of Peace interessiert, und da dachte ich mir, dass man beides verbinden könnte. Ich erzähle Dir am Wochenende, was mir mein Vater von seinem Vater überliefert hat, und vielleicht kommen uns ja bei dieser Gelegenheit auch ein paar gute, ausgefallene Ideen für das Fest basierend auf unserer Geschichte."
„Du hast Recht. Das ist wirklich eine gute Idee und ein noch besserer Anfang für unser Vorhaben."
„Ja, ganz richtig. Ich freue mich schon sehr

darauf.

Mrs. Miller griff ihren Mantel und stand auf. „Ich denke, es wird langsam Zeit für mich, Prudence."

„Musst Du wirklich schon gehen, Maggie?"

„Ich habe morgen einen Termin bei Ralph Oscott und muss daher früh aufstehen. Wenn ich jetzt nicht langsam nach Hause gehe, dann komme ich morgen früh nicht rechtzeitig hoch. Seit dem Unfall letzte Woche, bei dem ich auf der Treppe ausgerutscht und hingefallen bin, geht es meinem Bein zwar schon viel besser, aber Ralph meint trotzdem, dass es besser ist, die Bestrahlung noch fortzusetzen."

„Daran habe ich ja schon gar nicht mehr gedacht. Dann will ich Dich mal nicht aufhalten. Und vergiss die Planungsbesprechung am Mittwochabend um neunzehn Uhr im Gemeindehaus nicht. Tschüss!"

Glücklicherweise war die Arztpraxis am nächsten Morgen nicht sehr voll. Nur drei Patienten waren vor Mrs. Miller. Sie hatte vorher schon in vielen Großstädten gewohnt und war das Warten gewöhnt. In den Städten waren die Arztpraxen zu einer reinen Geschäftssache mit einer klinisch unpersönlichen Atmosphäre geworden, in denen die Massenabfertigung zur Regel geworden war. Die Ärzte in der Stadt waren viel zu gestresst, um noch genügend Zeit für die einzelnen Patienten zu haben, und so waren die Patienten unzufrieden, wenn sie nach meist stundenlangem Warten endlich zum Arzt vorgedrungen waren, nur um festzustellen, dass es besser gewesen wäre, wenn man seine Diagnose gleich mitgebracht hätte.

In Isle of Peace war alles anders. Hier wartete man gerne. Die Arztpraxis machte eher den Eindruck eines Wohnzimmers. Überall waren persönliche Erinnerungsstücke des Doktors in kleinen Vitrinen untergebracht. In Kästen auf dem Boden gab es jede Menge Spielzeug für die jüngeren Patienten des Doktors, die dafür gedacht waren, ihnen die Langeweile des Wartens und natürlich die Angst vor einem

Arztbesuch zu nehmen. Und für seine großen Patienten hielt Doktor Oscott stets eine vielseitige Auswahl an Zeitschriften und Büchern bereit. Statt sterilen Plastikstühlen waren Sessel von unterschiedlicher Größe aufgestellt. Ja, hier fühlte sich jeder gleich wohl. Auch Doktor Ralph Oscott kannte jeden Einwohner und die Jüngeren unter ihnen sogar von Geburt an. Er ließ es sich nicht nehmen, mit jedem ein kleines persönliches Gespräch zu führen, wenn man zu ihm in die Praxis kam. So dauerte es zwar etwas länger, bevor der nächste Patient an die Reihe kam, aber das machte keinem etwas aus, denn um nichts auf der Welt wollten sie auf den kleinen Plausch mit ihrem geliebten Doktor verzichten. Das war es, was Mrs. Miller schon von Anfang an in Isle of Peace so gefallen hatte: Menschlichkeit wurde noch groß geschrieben. Hier war man nicht ein namenloses Individuum unter vielen anderen, sondern jeder nahm Anteil am Schicksal der Anderen.

Mrs. Miller war so in Gedanken versunken,

dass sie gar nicht gehört hatte, wie die Tür zum Behandlungszimmer aufging und Doktor Oscott den nächsten Patienten aufrief.

„Maggie, Du bist an der Reihe. Willst Du gar nicht reinkommen?"

„Doch, Ralph. Ich war nur gerade so in Gedanken."

Natürlich nutzte der Doktor die Zeit der Bestrahlung für ein Gespräch mit Maggie.

„Sag mal, Maggie, hast Du schon von unserer Hundertfünfzig-Jahr-Feier gehört?"

„Ja, gerade gestern hat Prudence mir davon erzählt."

„Hat sie Dir auch erzählt, dass wir immer noch Freiwillige für die Organisation des Festes suchen?"

„Sie hat sogar noch mehr getan als mir nur davon zu erzählen, Ralph. Sie hat sich freiwillig gemeldet und, mein Einverständnis vorausgesetzt, mich auch gleich mit. Wir werden uns um ein paar besondere Attraktionen bemühen."

„Na, dann bin ich ja zu spät dran. Denn ich wollte Dir gerade denselben Vorschlag machen. Bei Deinen Talenten, da bin ich ja gespannt, was ihr Beide Besonderes für unser Fest auf die Beine stellen werdet."

„Das bleibt abzuwarten. Wir werden uns jedenfalls Mühe geben. Wie sieht es mit Dir aus, Ralph? Hast Du Dich auch gemeldet?"

„Aber sicher doch, ich werde mich um die Karussells für unseren Nachwuchs kümmern."

„Eine schöne Aufgabe. Viel Spaß damit."

„So, jetzt ist Dein Bein lange genug bestrahlt worden, Maggie. Du bist fertig und kannst gehen. Ich bringe Dich noch zur Tür."

Beim Hinausgehen fiel Mrs. Millers Blick auf eine leere Vitrine gleich neben der Tür.

„Oh, eine leere Vitrine. War da nicht einmal das Stethoskop drin, dass Dir Dein Großvater geschenkt hat, als Du Dich entschlossen hattest, wie er Arzt zu werden?"

„Ja, da war es drin. Aber nun ist es leider verschwunden. Wertvoll war es nicht, aber ich hing doch sehr daran. Es war noch ein Vorläufer unserer heutigen Stethoskope und verdiente diesen Namen noch gar nicht. Du erinnerst Dich doch noch, es war eigentlich nicht viel mehr als ein Stück Rohr, aber für mich hatte es einen großen persönlichen Wert. Ich hoffe, dass es bald wieder auftaucht. Sicher hat Henrietta, meine Halbtags-Sprechstundenhilfe, es nur verlegt. Sie nimmt es häufig aus dem Kasten wenn Kinder danach fragen und präsentiert es ihnen stolz. Da muss sie es wohl ganz in Gedanken weggelegt und vergessen haben, es wieder in die Vitrine zu legen."

„Hast Du schon mit Malcolm geredet? Es könnte doch auch gestohlen worden sein."

„Ich glaube nicht, dass ich unseren Sheriff mit dieser Lappalie belasten sollte. Wer würde denn so ein altes Teil stehlen? Nein, es wird sich bestimmt bald wieder anfinden."

„Das hoffe ich für dich, Ralph. Also Du kommst doch auch am Mittwochabend zum großen Treffen der Planungsgruppe?"

„Ja, bis Mittwoch dann, Maggie. Und denk bitte daran, überanstrenge Dein Bein nicht."

Mittwochabend war Mrs. Miller schon gegen achtzehn Uhr im Gemeindehaus. Doch obwohl sie eine Stunde vor Beginn der

Versammlung da war, war sie nicht die erste. Mrs. Nancy Woddicott, die Frau des Bürgermeisters, die es als ihre Pflicht ansah, bei den Vorbereitungen des großen Fests mitzuwirken, war bereits eifrig dabei, Tischkärtchen aufzustellen, mit denen die Sitzordnung der Versammlung festgelegt wurde. Mrs. Green, ihr Sohn Johnnie und ihre Schwiegertochter sowie Margarie Ellis, die Tierärztin, waren auch bereits anwesend. Mrs. Miller wurde freudig begrüßt. Im Laufe der nächsten Stunde kamen nach und nach noch Malcolm Powell, der Sheriff, Ralph Oscott, der Arzt, Prudence Brimsy, Archibald Manker, der Schuldirektor, Onkel Fred und Tante Susy, Mr. und Mrs. Molhuckey, die die größte Farm der Gegend besaßen, sowie Mrs. Crampton, die Frau des Managers des Heim- und Gartencenters.

Um neunzehn Uhr stieß auch Mr. Woddicott zu der kleinen Gruppe, der als Vorsitzender des Planungskomitees die Sitzung eröffnete. Konkrete Pläne gab es zu diesem Zeitpunkt noch nicht. Also wurden nur die Aufgaben der einzelnen Personen festgelegt. Mrs. Woddicott würde zusammen mit Tante Susy, Onkel Fred und Mrs. Crampton die Versorgung der Festgäste mit Getränken, Kuchen und einigen anderen Leckereien übernehmen. Miss Ellis, die Tierärztin, Mr. Molhuckey und seine Frau erklärten sich bereit, die Landwirtschafts- und Tierschau sowie einige Veranstaltungen rund um diese Themen zu übernehmen. Archibald Manker, Ralph Oscott, und Malcolm Powell würden es übernehmen, diverse Karussells und andere Vergnügungen für die Kinder und die im Herzen jung gebliebenen älteren Mitbürger von Isle of Peace zu organisieren. Mrs. Green, ihr Sohn Johnnie und seine Frau Patty erklärten sich bereit, für die Unterhaltung zu sorgen. Prudence Idee, zusammen mit Maggie Miller ein paar Überraschungsaktionen für das Fest auszuarbeiten, wurde einstimmig angenommen. Nachdem alles geklärt war, trennte man sich gegen einundzwanzig Uhr mit den besten Vorsätzen, aus dieser

Hunderfünfzig-Jahr-Feier für alle Einwohner von Isle of Peace ein unvergessliches Erlebnis zu machen.

Verabredungsgemäß kam Prudence Brimsy am Samstag zu Mrs. Miller zum Kaffee, um gemeinsam mit ihr Ideen für das Fest zu erarbeiten und ihr die Geschichte von Isle of Peace zu erzählen. Beide hatten sie einen anstrengenden Vormittag gehabt, also tranken sie erst einmal gemütlich Kaffee bevor Prudence anfing:

„Wie ich ja bereits sagte, habe ich meine Kenntnisse der Vergangenheit von meinem Vater, der sie wiederum von seinem Vater hatte. Fangen wir mit der Gründung von Isle of Peace an. Mein Urgroßvater war im Jahre 1835 mit seiner Familie auf dem Weg von Boston zur pazifischen Küste Oregons. Leider war die medizinische Versorgung der Trecks in den Westen damals nicht gerade besonders. Ärzte waren Mangelware, und oft fuhren die Trecks durch Gegenden, in denen es weit und breit keine Menschen gab. Als sein kleiner Sohn Er musste tatenlos mit ansehen, wie er immer schwächer wurde und schließlich starb. Das war hier an dieser Stelle gewesen. Was sollte er nun tun? Er konnte den Leichnam seines Sohnes schlecht bis an das noch etliche hundert Meilen entfernte Ziel mitnehmen. Das würde er nicht überstehen. Also musste er ihn hier an Ort und Stelle begraben. Aber er konnte es nicht über das Herz bringen, das Grab seines Sohnes allein zu lassen. Immerhin konnte es sein, dass er es nie wiederfinden würde wenn er diesen Ort erst einmal verlassen hätte. Er beschloss, seine Farm genau an dieser Stelle aufzubauen, und er setzte seinem Sohn ein Denkmal zur ewigen Erinnerung. Du hast bestimmt auch schon oft davor gestanden. Es handelt sich um die in Stein gemeißelte Gruppe spielender Kinder auf der Anhöhe vor der Stadt, dort wo wir für gewöhnlich unsere Feste zu feiern pflegen. Die Mitreisenden waren bis zur Beerdigung geblieben, aber die meisten entschlossen sich weiterzureisen. Nur einige wenige blieben und halfen meinem Urgroßvater, Isle of Peace aufzubauen. Sie hatten es anfangs nicht leicht. Die mitgebrachten Rinder und Schafe gediehen zwar prächtig, aber es sah so aus, als ob sich die Erde nicht im Geringsten für den Ackerbau eignete. Die Oberschicht bestand aus Loess, der vom Kaskadengebirge herübergeweht worden war. Und bald wurden Stimmen laut, die meinten, dass es vielleicht doch besser wäre, woanders neu anzufangen. Aber glücklicherweise fand man dann heraus, dass diese Schicht nur ein paar Fuß tief reichte und dass darunter ein außerordentlich fruchtbarer Boden mit einer Tiefe von über vierzig Metern auf einer Lavaschicht lag. So wurde das Gebiet zu einem Paradies für den Weizenanbau, und die Zukunft von Isle of Peace war gesichert. Zu dem Zeitpunkt bestand die Stadt aus nicht viel mehr als ein paar Holzbuden, und die Versorgung mit Lebensmitteln erfolgte über einen sogenannten 'fliegenden Händler', der alle kleineren Orte in dieser Gegen abfuhr. Aber mit dem Erfolg des Weizenanbaus kamen immer mehr Siedler hierher, und es wurde dringend notwendig, einen eigenen Kolonialwarenladen zu eröffnen. Zehn Jahre nach Gründung von Isle of Peace zog der Großvater von Onkel Fred mit seiner Frau und seinen drei Kindern hierher und eröffnete den dringend benötigten Laden, der sich bis heute nicht viel verändert hat. Nach und nach blühte Isle of Peace auf. Ein Gebäude nach dem anderen wurde hochgezogen. Jedes Mal, wenn ein neues Gebäude errichtet wurde, waren alle Einwohner von Isle of Peace zur Stelle und packten kräftig mit an, und die Einweihung der Häuser war stets mit einem großen Fest verbunden. So entstanden eine Schule, eine Kirche, ein kleines Gemeindehaus, das wir auch heute noch als Theater benutzen, eine Arztpraxis mit angegliederter Wohnung und einiges mehr. Ja, das muss eine schöne Zeit gewesen sein. Ich habe es oft bedauert, in der falschen Zeit geboren worden zu sein. Aus mir wäre bestimmt eine gute Pioniersfrau geworden. Ansonsten gibt es eigentlich nicht mehr viel Besonderes zu erzählen. Auch Isle of Peace

blieb weder von dem Grauen des Bürgerkriegs noch von den Auswirkungen des ersten und zweiten Weltkriegs verschont. Daher wissen wir heute unsere Ruhe auch umso mehr zu schätzen. Wenn es nach uns Einwohnern von Isle of Peace gehen würde, dann würde es nie wieder Krieg geben. So, das war in Kurzform die Gründungsgeschichte von Isle of Peace. Ich hoffe, sie hat Dir gefallen."
„Sehr sogar, Prudence. Das bringt mich auf eine Idee. Wir wollten doch einige besondere Attraktionen für das Fest erarbeiten. Wie wäre es denn, wenn wir eine kleine Ausstellung organisieren würden, die die Gründungsgeschichte und den Aufbau von Isle of Peace widerspiegelt? So richtig mit einem Katalog, in dem dann auch Erklärungen zu den einzelnen Stücken und zu der Geschichte an sich verzeichnet sind."
„Das ist eine sehr gute Idee, Maggie. Wir könnten versuchen, von den anderen Nachfahren der ersten Siedler noch zusätzliche Details in Erfahrung zu bringen.

Und hoffentlich sind recht viele Leute bereit, uns ihre alten Fotos und Erinnerungsstücke zu überlassen. Na ja, eigentlich sollte ich vielleicht lieber sagen 'Daguerrotypien', denn so hießen ja die Vorläufer unserer heutigen Fotografien. Wusstest Du eigentlich, Maggie, dass diese Daguerrotypien auf Metallplatten gebannt worden sind?"

„Das war mir bekannt. Ich weiß sogar noch mehr: Es handelte sich nicht nur um eine einfache Metallplatte, sondern um eine polierte, durch Joddämpfe lichtempfindlich gemachte Silberplatte, die in eine lichtdichte Kassette eingelegt und dann in die Kamera eingesetzt wurde. Die Belichtungszeit war damals, wie Du Dir denken kannst, ziemlich lang. Das Bild wurde im Dampf von erhitztem Quecksilber entwickelt. Als Positiv bekam man ein seitenverkehrtes Bild, das nur bei Betrachtung unter einem bestimmten Einfallswinkel des Lichts sichtbar war."

„Überaus interessant. Und ich dachte, ich hätte so ziemlich alles Wissenswerte darüber von meinem Vater gehört."

„Das Thema hat mich schon immer begeistert, Prudence, und ich könnte mir denken, dass es vielen jungen Leuten genauso geht. Wie wäre es, wenn Du ein Kapitel des Katalogs diesem Thema und damit auch der Entwicklungsgeschichte der Daguerrotypien bis hin zu den heutigen Möglichkeiten der Fotografie widmen würdest?"

„Das ist eine glänzende Idee, Maggie. Mein Hauptanliegen ist es, vor allen der Jugend unserer kleinen Stadt unsere Vergangenheit auf unterhaltsame Weise näherzubringen. Darum möchte ich den Katalog möglichst so gestalten, dass er sich spannend wie ein Buch liest."

„Das ist die Idee. Ich war traurig zu erfahren, dass es nur Überlieferungen über die Geschichte des Ortes gibt. Mit diesem Katalog wird das, was längst fällig war, nämlich die Würdigung der Vergangenheit, endlich nachgeholt. Das wird zwar ziemlich viel Arbeit sein, aber das ist es mir wert. Also los geht's, packen wir es an!"

Zuerst gingen die beiden Frauen hinüber zu

Prudence, um in ihren alten Familienerbstücken nach brauchbaren Gegenständen für ihr Projekt zu suchen. Prudence suchte sämtliche Fotos heraus, die in ihrer Familie seit Generationen weitergereicht worden waren. Sie hatte sie in einer abschließbaren Truhe zusammen mit einigen anderen Andenken an ihre Vorfahren sicher auf dem Dachboden ihres kleinen Hauses verwahrt. Am Staub, der sich auf den Alben angesammelt hatte, konnte man erkennen, dass sie sie schon lange nicht mehr vorgeholt hatte. Mit Entzücken stellte Mrs. Miller fest, dass so ziemlich alle Epochen der Entwicklungsgeschichte aus Sicht der Familie Brimsy vertreten waren. Die würden sich gut für ihre Zwecke verwenden lassen. Mit jedem Stück, dass die beiden Frauen den Truhen und damit der Vergessenheit entrissen, wuchs ihre Begeisterung aber auch die Spannung darüber, was sie im Laufe ihrer Arbeit wohl noch alles entdecken würden. Als sie auf eine mit Kleidungsstücken vollgepackte Truhe stießen, stieß Prudence

Brimsy einen Entzückungslaut aus:
„Sieh mal hier, Maggie. Das hatte ich ja ganz vergessen. Meine Vorfahren sind damals aus Irland über New York hierhergekommen. Diese alten Trachten hat meine Urgroßmutter alle selbst genäht, und sie wurden alle nur zu besonderen Anlässen getragen."
„Die sehen ja noch so gut wie neu aus. Da hätten wir ja schon unsere ersten Ausstellungsstücke zum Thema Einwanderer. Jetzt brauchen wir nur noch ein paar Schneiderpuppen, denen wir die Kleider dann überziehen. Das macht bestimmt Eindruck. Am besten rede ich mal mit Marjorie Kitt, unserer Schneiderin. Vielleicht weiß sie ja, wo wir so viele Schneiderpuppen herbekommen können."
„Und die Fotos beziehungsweise Daguerrotypien sind wirklich klasse. Das ist ja schon mehr, als ich in Erinnerung hatte. Auf jeden Fall ist das ein sehr guter Anfang."
„Bleibt nur zu hoffen, dass auch die anderen Familien, die wir noch ansprechen werden, genauso behutsam mit ihren Erbstücken

umgegangen sind."

„Davon kannst Du ausgehen Maggie. Unsere Vergangenheit war uns hier in Isle of Peace schon immer allgegenwärtig. Ich denke nicht, dass irgendjemand auch nur daran gedacht hätte, Erinnerungsstücke zu veräußern oder wegzugeben."

„Das höre ich gerne, denn jetzt, wo ich mir Deine Fotos angesehen habe, begeistert mich der Gedanke an eine Ausstellung immer mehr. Sag mal, hättest Du nicht vielleicht Lust, nicht nur einen Katalog anzufertigen, sondern ein kleines Buch über Isle of Peace im Laufe der Jahre von der Gründung bis heute zu schreiben? Das Talent dazu hättest Du doch."

„Dein Vertrauen in meine Fähigkeiten ehrt mich, Maggie. Und wenn ich ehrlich bin, dann muss ich zugeben, dass ich schon immer davon geträumt habe, eines Tages Schriftstellerin zu werden. Bereits in der Schule fing ich an, Kurzgeschichten zu schreiben. Meist waren es heitere Geschichten, sozusagen Geschichten aus dem alltäglichen Leben. Meine Mitschüler und meine Lehrer waren begeistert, aber meine Eltern haben es nicht zugelassen, dass ich meine ganze Energie darauf verwendete. Sie bezeichneten das Schreiben als eine brotlose Kunst, die keinen ernähren könnte und bestanden darauf, dass ich einen ordentlichen Beruf erlernte. Da habe ich kapituliert und mich aus meiner Liebe für Bücher heraus für den Beruf der Bibliothekarin entschieden. Und mit der Zeit habe ich das Schreiben dann ganz aufgegeben."

„Das ist aber schade, Prudence. Ich bin der Meinung, dass es nie zu spät ist, seine Träume zu verwirklichen. Siehe es doch einmal so: Heute hast Du den Vorteil, dass Du nicht mehr darauf angewiesen bist, mit dem Schreiben Geld zu verdienen und Ruhm und Ehre zu erlangen. Ein Buch würde der Höhepunkt unseres Vorhabens sein, die Vergangenheit unseres geliebten Ortes in den Vordergrund zu stellen, und für Dich wäre es die Möglichkeit, Deinen Kindheitstraum zu erfüllen. Besser spät als gar nicht."

„Du hast Recht, eigentlich reizt mich die

Aufgabe. Und einen Verlag benötigen wir auch nicht. Harrison Crume, der Verleger unserer Lokalzeitung hätte bestimmt nichts dagegen, eine kleine Auflage für unser Fest zu drucken, wenn ich ihn in unser Vorhaben einweihe."

Die Begeisterung war Prudence nun ins Gesicht geschrieben. Sie strahlte nur so.

„Prudence. Ich denke, ich lasse Dich jetzt lieber allein. Du möchtest sicherlich gleich anfangen, die Gründungsgeschichte niederzuschreiben. Ich sehe es Dir doch an. Und ich könnte die Zeit nutzen und ein paar Besuche machen. Selbstverständlich werde ich fleißig Notizen machen, so dass du diese dann für den Katalog und das Buch benutzen kannst. Ich kann es gar nicht mehr abwarten. Das ist ja so aufregend, so als ob man einen Schatz sucht. Wir graben in der Vergangenheit und die Geschichten, die wir dabei entdecken, die sind unser Schatz."

„Maggie, Du hast recht. Ich kann schon an gar nichts Anderes mehr denken, und in Gedanken schreibe ich schon. Also, dann

wünsche ich Dir viel Glück bei Deiner Suche, und ich mache mich gleich an die Arbeit."
Mrs. Miller beschloss, Millicent Parker, die Nichte von Nancy Woddicott, und ihren Mann als Erstes zu besuchen. Vor etwa vier Monaten hatten sie auf dem Grundstück ihres Hauses den Sarg der Serena Collado gefunden und damit die Aufdeckung eines Teils der Vergangenheit von Isle of Peace ermöglicht. Diese tragische Liebesgeschichte würde den Einwohnern von Isle of Peace stets unvergessen bleiben. Daher sollte ihre Dokumentation unbedingt Teil der geplanten Ausstellung sein. Und Millicent und Jimmy hatten alles, was sie in Woody Celentes Haus vorgefunden hatten, behalten, denn sie hatten erkannt, dass es sich dabei um zeitgeschichtliche Dokumente handelte. Zwar waren die meisten Dokumente in Italienisch verfasst, aber Prudence hatte bereits vor vier Monaten das Tagebuch der Serena Collado übersetzt. Sicherlich würde sie die anderen Unterlagen auch gerne übersetzen wenn sie für ihr Ausstellungsprojekt von Interesse

wären.

Millicent und Jimmy waren erfreut, Mrs. Miller zu sehen. Seit ihrem gemeinsamen Erlebnis waren sie gute Freunde geworden. Auch sie waren begeistert, als Mrs. Miller ihnen von ihrer Idee für das Fest erzählte und sie waren gerne bereit, dafür die Unterlagen und diverse Relikte aus der Vergangenheit ihrer eigenen Familie, wie zum Beispiel ein paar alte Satteltaschen sowie viele Fotos aus der Pionierzeit zur Verfügung zu stellen. Allerdings musste Mrs. Miller die beiden bitten, darüber strengstes Stillschweigen zu bewahren um die Überraschung nicht zu verderben. Bis zur Feier sollten nur einige wenige in ihren Plan eingeweiht werden. Gemeinsam stiegen die drei auf den Dachboden, und als Mrs. Miller aufbrach, da waren jede Menge Kisten in ihrem Kofferraum verstaut.

Nachdem sie ihre Ausbeute bei Prudence abgeliefert hatte, machte Mrs. Miller sich erneut auf den Weg, diesmal um den Bürgermeister und seine Familie zu

besuchen. Wie sie inzwischen von Prudence in Erfahrung bringen konnte, gehörte Gregor Woddicotts Urgroßvater auch zu den Gründern von Isle of Peace.
Auch Gregor Woddicott und seine Frau Nancy waren auf Anhieb von der Idee einer Ausstellung begeistert.
„Maggie, ich glaube, dass ich da genau das Richtige für Dich habe", Gregor Woddicott hatte die Begeisterung gepackt, an diesem Projekt teilzuhaben. „Weißt Du, mein Urgroßvater war der erste Fotograf, der sich hier in Isle of Peace niederließ. Und Du kannst Dich glücklich schätzen, dass er seine Ausrüstung stets wie seinen Augapfel hütete. Sie steht wohl verpackt auf dem Dachboden. Ich werde sie gleich einmal herunter holen."
Nach einer Weile, die Mrs. Miller wie eine Ewigkeit erschien, kam Gregor Woddicott beladen mit einer schweren Kiste zurück.
„Du musst wissen, dass noch alles ziemlich unberührt war, als mein Urgroßvater hierher kam. Die ersten Siedler in dieser Gegend lebten in friedlicher Koexistenz mit den

Indianern, hauptsächlich vom Stamm der Snakes, zusammen. Und ich bin stolz darauf, richtiges Indianerblut in meinen Adern zu haben. Mein Urgroßvater hatte sich nämlich unsterblich in die Tochter des Häuptlings verliebt. Allerdings musste er erst eine Mutprobe bestehen, bevor er sie heiraten durfte. Er musste einen Grizzlybären, der damals diese Gegend unsicher und den Indianern das Leben schwer machte, erlegen. Das war leichter gesagt als getan. Er hatte vorher noch nie in seinem Leben ein Gewehr in die Hand genommen, geschweige denn ein Messer für etwas anderes als zum Schneiden von Lebensmitteln benutzt. Also musste er zuerst einmal die Kunst des Kämpfens erlernen. Aber er liebte seine kleine „Aufgehende Sonne" so sehr, dass er alles getan hätte, um ihre Hand zu erlangen. „Aufgehende Sonne", das war ihr indianischer Name. Ein sehr schöner Name, wie ich finde, aber nach der Heirat hat mein Urgroßvater sie dann nur noch Ann genannt. Ihr könnt Euch vorstellen, dass das aufregende Zeiten waren.

Und natürlich hat mein Urgroßvater jede Menge Fotos von seinen Erlebnissen geschossen und alles in allen Einzelheiten festgehalten. Die Fotos müssten eigentlich auch in der Kiste sein."

„Oh, Du meine Güte", rief Mrs. Miller aus. „Mit so viel Material hatte ich ja nie im Leben gerechnet. Und Ihr seid erst die dritte Familie, die ich anspreche. Wo sollen wir die ganzen Sachen bloß lassen? Bald wird es zu eng werden in Prudence Haus. Und was wir bis jetzt auch noch nicht bedacht haben ist die Frage, wo wir die Ausstellung zeigen wollen. Ein Zelt wäre sicher nicht stilvoll."

„Das sehe ich auch so, Maggie. Aber ich habe da so eine Idee. Du kennst doch die alte Schmiede in der Allee der Glorreichen Vergangenheit, die von der Gemeinde als Gedenkstätte unterhalten wird. Dazu würde Eure Ausstellung doch sehr gut passen. Und es wäre doch schade, wenn Ihr Euch so viel Mühe gebt, nur um die Sammlung nach dem Fest wieder aufzulösen. Wie wäre es, wenn Ihr ein Museum eröffnen würdet?"

„An sich ist das eine sehr gute Idee, Gregor. Aber in der Schmiede ist doch nie und nimmer genug Platz für unsere Ausstellungsstücke."
„Ich meinte ja auch gar nicht die alte Schmiede selbst, sondern das Gebäude auf dem angrenzenden Grundstück. Es steht schon seit Längerem leer. Da Mr. Reed, der Vorbesitzer, keine Verwandten hatte, ist der Besitz nach seinem Tod an die Stadt gefallen. Wir haben schon lange überlegt, was wir damit am besten anfangen sollen. Und Du musst zugeben, dass ein Museum doch der beste Verwendungszweck dafür wäre. Die alte Schmiede könnte man dann einbeziehen. Und außerdem könnte man größere Objekte im Garten unterbringen."
„Die Idee ist wirklich gut. Aber dann müssen wir uns ranhalten, wenn wir zur Hundertfünfzig-Jahr-Feier die Tore öffnen wollen. Hab vielen Dank, Gregor. Jetzt muss ich mich auf den Weg machen. Um es mit einem Werbeslogan der Vergangenheit zu sagen: Es gibt noch viel zu tun, packen wir es an!"

Prudence Brimsy war begeistert von der Ausbeute des ersten Tages als Mrs. Miller gegen zwanzig Uhr abends wieder zu ihr stieß. Da waren Dinge wie Blechgeschirr, Taschenuhren, Holzspielzeug und vieles mehr. Und als Mrs. Miller ihr die Möglichkeit, ihre Sammlung später als Museum weiterführen zu können, erzählte, da war sie ganz aus dem Häuschen.

„Das sind ja Perspektiven, damit haben wir ja nie im Leben gerechnet. Oh Maggie, wie wunderbar."

„Das kannst du wohl sagen, Prudence. Nur eines war merkwürdig. Bei vielen Familien, die mir stolz ihre Schätze zeigen wollten, folgte die Enttäuschung sozusagen auf dem Fuße als sie feststellen mussten, dass einige Dinge, die sie schon lange nicht mehr in den Händen gehalten hatten, von denen man aber wusste, dass man sie besaß, verschwunden waren. Du kannst Dir die Aufregung vorstellen als sie das entdeckten. Zum Beispiel hatte ich mich schon gefreut als die Molhuckeys mir einen alten Sattel mit Pferdehalfter in Aussicht stellten. Aber als sie nachschauten, da konnten sie beides nicht mehr finden. Und bei den Curtsys waren es ein großer Kessel, wie man sie damals über Lagerfeuern verwendete, und ein altes Holzfass zum Sammeln von Regenwasser. So viele Zufälle kann es doch gar nicht geben. Oder was meinst du dazu?"

„Das klingt schon recht merkwürdig. Aber wie Du bereits sagtest, Maggie, sind all diese Dinge schon lange nicht mehr hervorgeholt worden. Vielleicht haben die Leute nur vergessen, was sie damit gemacht haben."

„Wenn es nur einen solchen Fall gegeben hätte, dann könntest du Recht haben, Prudence. Aber nicht bei so vielen Familien. Da kann doch etwas nicht stimmen."

„Wie ich Dich kenne, Maggie, wirst Du wohl nicht eher locker lassen bis Du weißt, was da los ist. Aber vergiss nicht, dass wir noch viel Arbeit haben, damit wir unsere Ausstellung pünktlich zum Fest eröffnen können. Und ich brauche Deine Hilfe bei der Besorgung der einzelnen Stücke und auch bei der Erstellung des Kataloges. Das Buch ist doch ein ziemlich großes Vorhaben, das sehr viel von meiner Zeit beanspruchen wird."

„Kein Problem, Prudence. Unser Projekt wird dabei ganz bestimmt nicht zu kurz kommen. Hast Du übrigens schon die Unterlagen von Woody Celentes durchgesehen? Ist da etwas dabei, das sich für Dein Buch und unsere Ausstellung verwenden lässt?"

„Sehr viel sogar. Wie es sich herausstellte, kam Woody Celentes als politischer Flüchtling kurz vor Ausbruch des Zweiten Weltkrieges hierher. Und aus seinen Aufzeichnungen kann ich viele wertvolle Details aus dieser Zeit des Umbruchs entnehmen. Aber es wird noch eine Weile dauern, bis ich mich da durchgearbeitet habe."

„Lass Dir ruhig Zeit, Prudence. Wir haben doch noch über drei Monate bis zum Fest."

Nach Ablauf der ersten Woche hatte Mrs. Miller zu den bereits erwähnten Gegenständen auch noch einen Planwagen für das Freigelände, einen alten Vorderlader Marke Henry, ein paar gusseiserne Pfannen, einen Essensgong, ein Lasso und Sporen ergattern können. Aber immer wieder wurde Mrs. Miller mit Fällen konfrontiert, in denen Dinge ohne Geldwert, dafür umso größerem persönlichen und zeitgeschichtlichen Wert, einfach verschwunden waren. Ihr fiel auf, dass es sich in allen Fällen um Familien mit Kindern handelte. Wenn sie kinderlose Ehepaare oder alleinstehende Personen besuchte, war sie stets erfolgreich. Nun erinnerte sie sich auch wieder an die verschwundene Goldwäscherpfanne und die Feldflasche, die Onkel Fred vermisste, und an das alte Stethoskop, das Ralph Oscott plötzlich nicht mehr finden konnte. Da musste es doch einen Zusammenhang geben. Wenn sie es recht überlegte, dann waren auch der Kolonialwarenladen und die Arztpraxis Orte, zu denen viele Kinder Zugang hatten. Die verschwundenen Gegenstände ließen ihr keine Ruhe. Sie beschloss, mit ihren Nachforschungen bei den Kindern zu beginnen, denn sie schienen die einzige

Gemeinsamkeit und somit der Schlüssel zu diesen geheimnisvollen Vorkommnissen zu sein.

Zuerst knöpfte sie sich Greg Anthony und Miles Drissoll vor, deren Eltern je eine Kleiderkiste aus der Pionierzeit vermissten. Aber nach den beiden Kisten befragt, schauten die Bengel sie nur aus ihren großen Augen unschuldig an und gaben vor, nichts zu wissen. Und wenn Mrs. Miller es nicht von der Episode mit den Sasquatch-Spuren her besser gewusst hätte, dann hätte man wirklich annehmen können, dass diese beiden kein Wässerchen trüben könnten.

Enttäuscht darüber, nicht weitergekommen zu sein, begab Mrs. Miller sich am nächsten Tag zur kleinen Schule von Isle of Peace, um möglichst viele Kinder auf die verschwundenen Gegenstände ansprechen zu können. Aber die Kinder ließen sich selbst dadurch nicht einschüchtern, dass der Schuldirektor Archibald Manker sie einen nach dem anderen in sein Büro zitierte. Alle waren sie erstaunt, dass man sie überhaupt in dieser

Angelegenheit befragte, und die Auskunft war, wenn auch mit anderen Worten, immer dieselbe. Ihre Eltern hatten die verschwundenen Gegenstände gewissermaßen wie einen wertvollen Schatz behandelt und die Kinder noch nicht einmal in ihre Nähe gelassen. Nein, alle Kinder gaben vor, noch nicht einmal gewusst zu haben, was genau alles auf den jeweiligen Dachböden gelagert worden war, denn diese Bereiche waren doch schließlich Sperrgebiet für sie gewesen.

Mrs. Miller sah ein, dass sie auf diese Weise nicht weiterkommen würde. Während sie noch ganz in Gedanken nach einem neuen Ansatzpunkt für ihre Nachforschungen suchte, erhielt sie einen Anruf von Malcolm Powell, dem Sheriff.

„Hallo Maggie. Ich hoffe, ich störe Dich nicht. Aber ich könnte Deine Hilfe gebrauchen. Hast du Zeit, zu mir herüber zu kommen?"

„Für Dich habe ich doch immer Zeit, Malcolm. Ich komme sofort."

Erstaunt stellte Maggie fest, dass Malcolm

nicht alleine war. Harry und Billy Oscott, die beiden Söhne ihres Arztes, die beide für die Forstverwaltung arbeiteten, waren auch anwesend.

„Hallo Maggie. Da bist Du ja. Harry und Billy Oscott brauche ich Dir ja nicht vorzustellen. Also lass uns gleich zur Sache kommen. Die beiden sind mit einem interessanten Anliegen zu mir gekommen. Es geht wieder einmal um Spuren. Und da ich dich ja inzwischen recht gut kenne, habe ich mir gedacht, dass Dich das bestimmt auch interessieren wird."

„Da hat doch wohl nicht schon wieder jemand Sasquatch-Spuren gelegt, um uns aufs Kreuz zu legen?"

„Nein, weit gefehlt. Diesmal ist es gar nicht so spektakulär. Aber es stört den Frieden unseres schönen Waldes und bedarf deshalb der Aufklärung." Harry Oscott, der ältere der beiden übernahm jetzt die Erklärungen.

„Mrs. Miller, wir haben uns an den Sheriff gewandt weil wir im Park Autospuren entdeckt haben. Das wäre an sich ja nichts Besonderes, aber wir haben die Spuren an einer Stelle entdeckt, die für den Verkehr gesperrt ist. Mitten im Wald, dort wo die ältesten Bäume zu finden sind, gibt es nur schmale Pfade für Fußgänger und auf allen Zuwegungen weisen Verbotsschilder darauf hin, dass man zum Schutz der Bäume nur noch zu Fuß oder per Fahrrad weiter darf. Anfangs haben wir gedacht, dass es eine einmalige Sache gewesen ist, und wir haben es auf sich beruhen lassen. Aber jetzt haben wir schon wieder Spuren desselben Autos an genau derselben Stelle entdeckt. Anscheinend war das Auto schwer beladen, denn die Spuren sind ziemlich tief in den Boden gedrückt. Hier, Mrs. Miller. Sehen Sie nur, wir haben einen Gipsabdruck gemacht."

Mrs. Miller sah sich den Abdruck näher an und stellte fest, dass es sich dabei um die Abdrücke eines sogenannten „Station Wagons", einem Transporter oder eines Kleinbusses handeln musste. Was mochte ein solches Fahrzeug mitten im Wald zu suchen haben? Und genau das war hier die Frage. Die Forstverwaltung hatte entschieden, dass

sich die beiden Oscott-Jungen auf die Lauer legen sollten. Da diese Aufgabe aber für zwei Leute rund um die Uhr ein wenig zu viel werden würde, hatten sich die beiden an Sheriff Powell gewandt mit der Bitte, ihnen zu helfen. Natürlich hatte Malcolm zugesagt, ihnen zusammen mit Kyle Carrington, seinem Hilfssheriff, zu helfen. Und selbstverständlich hatte er sofort an Mrs. Miller gedacht, denn er kannte ja ihre kriminalistische Neugier, und jedes Mal, wenn sich etwas Interessantes in Isle of Peace ereignete, ließ er Maggie daran teilhaben. Und bis jetzt hatte Mrs. Miller auch immer etwas zu der Lösung der Fälle beigetragen, sei es durch die vollkommene Ruhe, die sie in jeder Situation ausstrahlte, oder durch Hinweise, die sie aufgrund ihres kriminalistischen Verstandes geben konnte. Natürlich war Mrs. Miller sofort mit Eifer bei der Sache. Nun war man schon zu fünft, und es wurde vereinbart, dass jeder einzelne etwa fünf Stunden täglich an der bewussten Stelle im Wald Wache halten sollte.
Die ersten Tage passierte nicht viel. Nach all

den Anstrengungen mit ihrem Ausstellungsprojekt genoss Mrs. Miller die Ruhe des Waldes mehr, als sie jemals zugegeben hätte. Doktor Oscott hatte ihr schon so oft geraten, doch lieber etwas kürzer zu treten. Aber sie hatte davon nichts hören wollen, denn wie jeder wusste, war sie eine Frau der Tat und sie hasste nichts mehr, als zur Untätigkeit verdammt zu werden.

Endlich, etwa eine Woche nachdem die ganze Aktion ins Leben gerufen worden war – es war gegen vierzehn Uhr und Mrs. Miller hatte gerade die Wache übernommen – hörte sie Motorengeräusche.

Anscheinend näherte sich ein Auto. Von ihrem Versteck hinter den Büschen aus konnte Mrs. Miller das Auto auch bald in ganzer Größe erkennen. Es handelte sich um einen Kleinbus und am Steuer saß Morgan Woddicott, die Tochter des Bürgermeisters. Mrs. Miller hatte ja mit allem gerechnet, aber nicht damit. Morgan Woddicott hatte ihres Wissens nach noch nie etwas Ungesetzliches getan. Sie war noch nicht einmal in der Lage

zu lügen, denn man würde es ihr sofort ansehen. Was also machte sie hier mitten im Wald verbotenerweise mit einem Kleinbus? Mittlerweile war Morgan ausgestiegen, und eine Gruppe Jugendlicher auf Fahrrädern traf kurz nach ihr ein. Morgan ging um den Wagen herum und öffnete die Seitentür. Mrs. Miller konnte es nicht glauben. Von ihrem Versteck aus konnte sie ganz klar erkennen, dass der Wagen vollgestopft war mit Gegenständen und Kleidern aus dem neunzehnten Jahrhundert. Da also waren die verschwundenen Sachen geblieben. Was aber wollten die Jugendlichen damit anfangen? Mrs. Millers Neugier wuchs immer mehr. Zuerst hatte sie ja vorgehabt, die Jugendlichen sofort zur Rede zu stellen. Nun aber entschloss sie sich abzuwarten, was sich da wohl tun würde. Malcolm, ihre Wachablösung, würde ja erst in etwa vier Stunden eintreffen.
Mittlerweile herrschte auf der Lichtung eine rege Aktivität. Alle packten mit an und im Nu war der Wagen leergeräumt. Als wieder Ruhe

eingekehrt war, zogen sich die Jugendlichen in eiligst aufgebaute Zelte zurück, und als sie wieder hervorkamen, waren sie kaum wiederzuerkennen. Sie trugen die historischen Kleide rund erweckten auch sonst den Eindruck, als ob sie sich in einer anderen Zeit befänden. Anscheinend wollten sie hier ein Stück einstudieren. Warum aber die Heimlichtuerei? Nun war es an der Zeit für Mrs. Miller, sich zu erkennen zu geben.
„Hallo, Kinder", mit diesen Worten trat sie hinter den Büschen hervor. „Was macht ihr denn hier und was soll die Heimlichtuerei?"
„Mrs. Miller!" rief Morgan Woddicott erschrocken aus. „Wie haben Sie uns hier bloß finden können? Wir haben doch so aufgepasst, dass niemand uns gefolgt ist."
„Ich habe hier auf Euch gewartet. Ihr wisst doch, dass Autos hier nicht erlaubt sind."
„Ja, aber wir haben gedacht, dass niemand etwas merken würde bis wir fertig wären."
„Fertig, womit denn?"
„Oops, nun müssen wir wohl Farbe bekennen, Mrs. Miller. Aber Sie müssen uns

versprechen, dass Sie niemand etwas davon erzählen."

„Das kommt ganz darauf an, worum es sich handelt, Kinder. Ihr müsst nämlich wissen, dass die Forstverwaltung wegen der Wagenspuren ermittelt."

„Mrs. Miller, wir können Ihnen versichern, dass wir nichts Ungesetzliches tun wollten. Das mit dem Auto tut uns leid. Aber es war die einzige Möglichkeit, unsere Ausrüstung hierherzubekommen."

„Das müsst Ihr mir auch noch näher erklären. Wenn ich das richtig sehe, dann handelt es sich dabei doch unter Garantie um die verschwundenen Gegenstände. Wieso habt ihr sie ohne die Erlaubnis Eurer Eltern weggenommen?"

„Bitte glauben Sie uns, Mrs. Miller", flehte Morgan sie an. „Wir haben alles andere im Sinn gehabt, als unseren Eltern Kummer zu bereiten. Im Gegenteil. Wir wollten sie überraschen und wir haben nicht damit gerechnet, dass die Sachen überhaupt vermisst werden würden. Immerhin lagen sie ja schon seit Jahrzehnten, wenn nicht sogar Jahrhunderten beinahe unberührt auf den Dachböden. Wer konnte denn ahnen, dass Sie auch auf die Idee kommen würden, unsere Vergangenheit wieder auferstehen zu lassen?"

„Was meint Ihr denn mit 'auch'? Könnt Ihr mir erklären, was genau Ihr vorhattet?"

„Sie müssen uns zuerst versprechen, niemandem etwas zu verraten. Sonst wäre unsere schöne Überraschung ja geplatzt."

„Also gut, ich denke, dass ich das verantworten kann. Ich verspreche Euch also, dass ich ohne Euer Einverständnis niemandem etwas verraten werde. Nun aber heraus mit der Sprache."

„Mrs. Miller, alles hat damit angefangen, dass wir uns auch an der Hundertfünfzig-Jahr-Feier beteiligen wollten. Und da haben wir uns eben überlegt, dass wir ein kleines Theaterstück einstudieren, mit dem wir die verschiedenen Episoden der Vergangenheit von Isle of Peace wiedergeben. Wir möchten uns damit bei unseren Eltern dafür bedanken, dass wir

hier wohlbehütet in Isle of Peace aufwachsen können. Denn hier ist die Welt noch in Ordnung. Nicht auszudenken, wie es uns ergangen wäre, wenn wir in Chicago, New York oder anderen Städten hätten aufwachsen müssen. Man liest ja so viel über die Kriminalität in diesen Städten, in denen sich niemand mehr trauen kann, alleine auf die Straße zu gehen."
„Die Idee ist gut, Kinder. Da werden sich Eure Eltern bestimmt sehr freuen. Ihr könnte versichert sein, dass kein Sterbenswörtchen über Euer Vorhaben meine Lippen verlassen wird. Und ich hätte da sogar noch eine Idee. Ihr habt doch bestimmt von Euren Eltern erfahren, dass Prudence Brimsy und ich einen ähnlichen Einfall hatten, nur dass wir eine Ausstellung mit Katalog sowie ein Buch planen. Mr. Woddicott hat uns das Haus neben der alten Schmiede für diesen Zweck angeboten. Wie wäre es, wenn wir Euch darin eine Bühne errichten würden, denn unser kleines Museum wäre doch sicherlich der richtige Rahmen für Eure Aufführung?"

„Super, Mrs. Miller. Und wir hatten uns schon den Kopf darüber zerbrochen, wo wir unser Stück am besten aufführen sollten."
„Dann ist das also abgemacht, Kinder. Da wäre nur noch eine Sache. Der Sheriff und die Forstverwaltung müssten informiert werden, damit die ganze Überwachungsaktion abgeblasen werden kann. Aber ich denke nicht, dass Ihr von der Seite Probleme zu erwarten habt. Eine kleine Standpauke werdet Ihr bestimmt zu hören bekommen, aber Ihr werdet sicherlich auch auf Verständnis stoßen. Aber nächstes Mal wäre es definitiv besser, wenn Ihr vorher fragen würdet. Wir hätten uns alle eine Menge Aufregung ersparen können."
Schuldbewusst blickte Morgan sie an. „Sie haben Recht, Mrs. Miller. Wir wären dankbar, wenn Sie es übernehmen könnten, mit dem Sheriff und der Forstverwaltung zu sprechen und ihnen alles zu erklären. Dann könnten wir uns weiter auf unsere Proben konzentrieren. Viel Zeit bleibt uns ja nicht mehr."
„Das mache ich doch gerne für Euch, Kinder.

Da ja nun alles geklärt wäre, werde ich Euch jetzt verlassen. Ich wünsche Euch noch viel Spaß bei den Proben. Und melde dich morgen bei mir, Morgan, damit wir alles weitere besprechen können."

Vor Freude über das Verständnis, dass Mrs. Miller für sie hatte, fiel Morgan ihr um den Hals und sie schämte sich auch nicht der Freudentränen, die sie nicht zurückhalten konnte.

„Danke, danke und nochmals danke. Wir sind Ihnen ja so dankbar, Mrs. Miller. Auch dass Sie mit dem Sheriff und der Forstverwaltung sprechen. Wir werden Sie nicht enttäuschen."

'Diese Kinder', dachte Mrs. Miller auf dem Weg zurück nach Isle of Peace. 'Wie rührend, dass sie ihre Eltern überraschen wollen. Das erlebt man heute ja nur noch selten, dass Kinder es zu schätzen wissen, was ihre Eltern für sie tun, und da muss man sie doch einfach unterstützen.'

Malcolm Powell war natürlich überrascht, sie schon so früh wiederzusehen.

„Maggie, ich dachte, Du wärst im Wald und

ich sollte Dich in zwei Stunden ablösen? Was ist passiert? Hast Du mit Harry oder Billy getauscht?"

„Nein, Malcolm, Aber wir können die Überwachungsaktion abbrechen."

Zuerst war Malcolm erbost über die Dreistigkeit der Jugendlichen, aber je mehr Maggie ihm erzählte, desto begeisterter war er von der Idee des Theaterstücks.

Schließlich erklärte er sich bereit, Stillschweigen zu bewahren. Auch wollte er Harry und Billy Oscott einweihen und sie ebenfalls bitten, niemandem etwas über die Absicht der Jugendlichen zu erzählen.

Die Wochen vergingen und Maggie konnte immer mehr Stücke für ihre Ausstellung sammeln. Die Einwohner von Isle of Peace waren wirklich sehr hilfsbereit. Und bei der Vielzahl von interessanten Geschichten, die Maggie bei dieser Gelegenheit erzählt bekam, wurde Prudence die Auswahl nicht leicht gemacht. Aber leider konnte sie nicht alle Geschichten in ihrem Buch aufnehmen. Dafür reichte die Zeit einfach nicht. Aber es gab ja immer noch die Möglichkeit einer Fortsetzung, je nachdem wie das Buch von den Einwohnern von Isle of Peace aufgenommen werden würde. Auf jeden Fall hatte die Begeisterung sie gepackt, und ihr Buch nahm langsam Gestalt an.

Inzwischen hatte Mrs. Miller sich zusammen der Theatergruppe und mit etwas Hilfe von Seiten Johnnie Verts noch eine ganz besondere Überraschung ausgedacht. Sie machte ein so großes Geheimnis um ihren Einfall, dass sie selbst Prudence nicht in ihr Vorhaben einweihte.

Endlich war der große Tag angebrochen. Die Stadt war festlich geschmückt worden. Überall wehten Lichterketten und große Banner über den Straßen mit Aufschriften wie: „Viel Spaß bei der Hundertfünfzig-Jahr-Feier", „Isle of Peace wird heute hundertfünfzig Jahre alt. Ihr seid alle eingeladen, mit uns zu feiern" oder „Herzlich willkommen zur Hundertfünfzig-Jahr-Feier".

Der Bürgermeister hatte den Tag zum Feiertag erklärt, und alle Geschäfte und Büros hatten geschlossen. An so einem bedeutenden Tag sollte niemand arbeiten müssen. Diese Idee ihres Bürgermeisters war von allen Einwohnern mit überschwänglicher Begeisterung aufgenommen worden, und überall sah man nur fröhliche Gesichter. Wie bereits zu Ostern, war der Hügel vor der Stadt zum Festgelände erklärt worden. Dort hatte man die verschiedensten Buden, Karussells und auch eine Tribüne für die Auftritte der Country-Musik-Gruppen aufgebaut. Gegen zwölf Uhr Mittag schnitt Bürgermeister Woddicott das symbolische Band durch und eröffnete so die Veranstaltung. Rund um den Platz waren Lichtmaste errichtet worden, und eine Kette bunter Lampions zog sich so von Mast zu Mast um den Festplatz. In der Mitte war ein großes Zelt für die landwirtschaftliche Ausstellung errichtet worden. Auch Maggie und Prudence hatten einen Kompromiss schließen müssen. Sie hatten die wichtigsten Stücke ihrer Ausstellung in ein kleineres Zelt am Rande des Festplatzes verfrachtet, um auf ihr kleines Museum im Herzen der Stadt

aufmerksam zu machen. Und es erfreute ihr Herz zu sehen, dass das Interesse so rege war, dass die kleine Auflage des Buches, die sie hatten drucken lassen, nicht ausreichte, denn alle wollten einen Katalog und ein Buch haben. Besonders Prudence lebte auf angesichts all des Lobs, das sie für ihr Buch erhielt. Die Mühe hatte sich wirklich gelohnt.
Das Fest wurde ein voller Erfolg. Alle vergnügten sich und erwarteten mit Spannung den Höhepunkt des Tages, die angekündigten Veranstaltungen.
Bei Einbruch der Dunkelheit waren die Lampions und Lichterketten die einzige noch verbleibende Beleuchtung, wodurch eine romantische Stimmung erzeugt wurde.
Endlich kam der große Moment und alle versammelten sich bei der Tribüne, wo man inzwischen Klappstühle aufgestellt hatte.
Die Lampions und Lichterketten wurden nun auch ausgemacht, so dass der Platz nur noch vom Mond beschienen wurde. Die Spannung wuchs ins Unerträgliche. Plötzlich vernahm man aus der Ferne Trompetenklänge und

Hufgetrappel, erst nur ganz leise, und dann immer lauter, so als ob sich eine ganze Herde Wildpferde dem Festplatz nähern würde. Alle drehten sich in die Richtung, aus der die Geräusche kamen und waren überrascht, zu sehen, dass sich ihnen ein Trupp Soldaten näherte. Was mochten sie hier wohl wollen? Als sie näher kamen, war die Überraschung umso größer, als sie erkannten, dass es sich gar nicht um Soldaten sondern um Jugendliche ihres Ortes handelte. Sie waren alle so um die fünfzehn Jahre alt und trugen Uniformen aus der Mitte des neunzehnten Jahrhunderts. In Formation, genauso wie richtige Soldaten ritten sie auf den Festplatz, gefolgt von einem, nein zwei, nein einer ganzen Reihe von Planwagen. Die Einwohner von Isle of Peace kamen aus dem Staunen nicht mehr heraus. Auf dem Kutschbock eines jeden Planwagens saßen ebenfalls Jugendliche, die ihnen allen wohlbekannt waren. Auch sie trugen historische Kleider aus der Pionierzeit, der Zeit als ihre Vorfahren aus den verschiedensten Städten und Ländern hierher in den Westen gekommen waren. Und wie sie mit ihren Pferden umgehen konnten. Mit Leichtigkeit lenkten sie die Wagen so, dass sie einen Kreis um den Festplatz bildeten. Dann stieg einer nach dem anderen von den Planwagen und ging auf die Tribüne zu. Sie wurden mit lauten Jubelrufen empfangen. Morgan Woddicott war zu ihrer Sprecherin ernannt worden und trat in den Vordergrund.

„Liebe Einwohner von Isle of Peace, wir haben uns heute hier versammelt, um das hundertfünfzigjährige Bestehen unseres schönen Heimatortes zu feiern. Wir Kinder und Jugendliche haben uns lange überlegt, was wir zum Gelingen dieses Festes beitragen könnten. Schließlich haben wir uns für die Aufführung eines Theaterstücks entschieden. Wenn Sie sich dieses Stück ansehen, dann vergessen Sie bitte nicht, dass wir keine professionelle Hilfe hatten. Wir haben alles selbst gemacht, das Stück geschrieben, die Kulissen entworfen, und die Kleider, die wir nicht finden konnten, haben wir sogar selbst genäht. Wir möchten uns bei dieser Gelegenheit insbesondere bei unseren Eltern dafür bedanken, dass wir hier in Isle of Peace aufwachsen durften, und wir hoffen, dass ihnen unser Theaterstück gefallen wird." Aber falls die Jugendlichen Zweifel gehabt hatten, wie ihr Stück aufgenommen werden würde, waren diese vollkommen unbegründet gewesen. Sie mussten öfter eine Pause einlegen, weil man sie sonst wegen des tosenden Beifalls nicht mehr verstanden hätte. Am Ende des Stücks waren sich alle einig, dass sie fabelhafte Arbeit geleistet hatten. Einige Mütter konnten nur mühsam Tränen der Rührung unterdrücken. Das waren wirklich ein Erfolg und das schönste Dankeschön, das je von Teenagern ersonnen worden war.

Der Brand

'Abend wird's, des Tages Stimmen schweigen'. Greg Martin musste unwillkürlich an diesen Ausspruch aus Körners Werk 'Die Eichen' denken, als er auf dem Weg ins Spritzenhaus war, um dort zusammen mit William Grant, Howard Crebley, Paul Moulk und Harrison Edderly die Nachtwache zu übernehmen. Alles war still und ruhig in Isle of Peace. Überall waren die Rollläden heruntergezogen und nur vereinzelt traf er noch auf Mitbürger, die es eilig hatten, nach Hause zu kommen, um den Stress des Tages hinter sich zu lassen und einfach auszuspannen. Und wieder einmal machte Isle of Peace seinem Namen alle Ehre, denn für seine Einwohner war dieser Ort zu einer Insel des Friedens geworden.

Als er endlich an der Feuerwache am Südende der Stadt angelangt war, wurde er schon ungeduldig von seinen Kollegen erwartet, die die Tagesschicht hatten.

„Endlich, Greg. Du bist der Letzte. Jetzt können wir uns endlich auf den Weg nach Hause machen", Henry Capple sah richtig müde aus.

„Wie war Euer Tag?" fragte Greg Martin ihn.

„Eigentlich ziemlich ruhig, Greg. Aber wie du sehen kannst, bin ich doch ganz schön müde. Was ich jetzt dringend brauche, ist eine Mütze voll Schlaf. Dann wird es bald besser gehen."

Ja, das Gefühl kannte Greg nur zu gut. Zwar waren sie zu fünft, und während immer nur ein er zur Zeit Wache halten musste, konnten sich die anderen vier nach oben in den Aufenthaltsraum gehen oder sich im Schlafraum aufs Ohr legen. Aber das brachte leider nicht viel. Richtig schlafen konnte eigentlich keiner. Dafür war die Anspannung einfach zu groß. Man musste ja jederzeit damit rechnen, dass man raus musste, um ein Feuer zu bekämpfen oder bei einem Verkehrsunfall zu helfen. Ja, der Beruf des Feuerwehrmanns war schon ziemlich aufreibend.

Aber trotzdem hatte Greg nie etwas anderes werden wollen. Schon als Kind war er fest dazu entschlossen gewesen. Und während andere Jungen in seinem Alter ihren Berufswunsch fast so häufig wechselten wie ihre Kleider, war er beharrlich dabei geblieben, Feuerwehrmann werden zu wollen. Es war nicht einfach gewesen. Sein Vater, der ortsansässige Tischler, hatte darauf bestanden, dass er ebenfalls den Beruf des Tischlers erlernte. Zuerst war er natürlich dagegen gewesen, bis er hörte, dass man bei der Feuerwehr bevorzugt gelernte Handwerker einstellte. Viele Leute glauben ja immer noch, man bräuchte nur hinzugehen und zu sagen, 'ich möchte jetzt Feuerwehrmann werden'. Aber ganz so verhält es sich nicht. Erst einmal müssen Eignungsprüfungen abgelegt werden, und nachdem diese Hürde genommen war, waren langjährige Schulungen erforderlich, die wiederum jedes Mal mit einer Eignungsprüfung abschlossen. Aber er hatte es nicht zuletzt auch wegen seiner

Tischlerlehre geschafft, und nun war er wieder in seinem Heimatort, um den Menschen hier zu helfen.

Ja, man hat viel Zeit nachzudenken, wenn man auf Wache ist. Plötzlich schrillte das Telefon in diese absolute Ruhe hinein. Greg schreckte aus seinen Gedanken hoch und nahm den Hörer ab.

„Feuerwache, Greg Martin am Apparat."
„Hallo, hier ist Peter Matter. Bitte kommt schnell. Unser Haus brennt."
„Beruhige dich, Peter, wir sind schon unterwegs."

Unmittelbar nach Ertönen der von Greg ausgelösten Sirene waren alle einsatzbereit und es konnte losgehen. Bereits fünf Minuten später waren sie bei Peter Matters Haus eingetroffen. Dort sah es schlimm aus. Peter Matter und seine Frau waren buchstäblich im Schlaf von dem Feuer überrascht worden und hatten nicht viel mehr als ihr eigenes Leben retten können. Sie standen in ihren Morgenmänteln vor ihrem Haus, und man sah ihnen ihre Verzweiflung an. Während Peter

Matter dem Inferno unverletzt entronnen war, hatte seine Frau Ellen ziemlich schlimme Brandverletzungen erlitten. Aber trotz allem guten Zuredens wich sie nicht von Peters Seite. Hilflos mussten beide mit ansehen, wie sich ihr Traum in Rauch auflöste.
Als Ralph Oscott am Brandort eintraf, brauchte er seine ganzen Überredungskünste, Ellen dazu zu bewegen, mit ihm nach nebenan zu Marjorie Kitt zu gehen, damit er ihre Wunden versorgen konnte.
So sehr sich das Team der Feuerwehrmänner auch bemühte, leider war von dem Haus der Matters nicht mehr viel zu retten. Als das Feuer endlich erlosch, da standen nur noch einige verkohlte Reste des Haupthauses. Glücklicherweise hatte das Feuer nicht auf die Nebengebäude übergreifen können, so dass wenigstens Peter Matters Werkstatt und seine Garage, in der er sein wohl weltberühmtes Motorrad untergebracht hatte, intakt geblieben waren.

Aber Peter Matter hatte in diesem Augenblick des Unglücks verständlicherweise andere Gedanken.

„Materielle Güter lassen sich ersetzen, aber das Leben ist unser kostbarster Schatz und unwiederbringlich. Daher bin ich heilfroh, dass wir, meine Ellen und ich, noch einmal mit dem Leben davongekommen sind", erklärte er den Nachbarn und Freunden, die inzwischen aus allen Himmelsrichtungen eingetroffen waren, um ihnen in ihrer schweren Stunden beizustehen.

Bei dieser Gelegenheit wurde wieder einmal ersichtlich, dass Peter Matter, der allseits Freeway Pete genannt wurde, der beliebteste Einwohner von Isle of Peace war. Eine Woge der Hilfsbereitschaft schlug diesem Mann entgegen, der diesen Schicksalsschlag so tapfer und scheinbar gelassen hinnahm. Inzwischen war auch der Krankenwagen eingetroffen und Ellen Matter wurde unter Protest auf die Bahre gelegt und diese wurde in den Krankenwagen gebracht. Natürlich begleitete Peter sie.

Nachbarn und Freunde blieben fassungslos zurück. Mrs. Miller, die zu dem engsten Freundeskreis des Ehepaars gehörte, konnte es nicht glauben.

'Warum muss es immer die Guten treffen? Peter und seine Frau hatten das wirklich nicht verdient. Sie waren so fröhliche Menschen, die jeder gerne um sich hatte.'

Natürlich musste sie unwillkürlich daran denken, wie sie Peter Matter das erste Mal getroffen hatte. Sie war gerade erst hierher gezogen und hatte einen Spaziergang durch den Ort gemacht. Da entdeckte sie dieses malerische kleine Häuschen, das jetzt in Schutt und Asche lag. Ungewöhnliche Häuser hatten sie schon immer interessiert, und so wollte sie die Besitzer fragen, ob sie sich das Haus einmal ansehen könnte. Auf ihr Klingeln antwortete niemand, und sie wollte schon wieder weggehen, da hörte sie Geräusche aus der etwas abgelegenen Garage. Vielleicht würde sie ja dort jemand antreffen. Einen Versuch war es jedenfalls wert. Die Garage stand offen.

Als Mrs. Miller die Tür erreichte, sah sie wie jemand in einem ölverschmierten Overall und einer tief ins Gesicht gezogenen Schirmmütze gerade dabei war, den Tank eines Motorrades zu spritzen. Er trug eine Schutzbrille. Mrs. Miller hatte gehört, dass dieses fantastische Haus von einem älteren Ehepaar bewohnt wurde, und so nahm sie an, dass es sich bei der Person nur um den Sohn des Hauses handeln konnte.

„Junger Mann", rief sie. „Sind Ihre Eltern nicht zuhause? Ich habe bereits geklingelt, aber leider hat niemand geöffnet. Vielleicht können Sie mir ja sagen, zu welcher Zeit ich sie am besten antreffen kann."

Der „junge" Mann, der die ganze Zeit mit dem Rücken zu ihr gestanden hatte, hatte sich mittlerweile umgedreht, und Mrs. Miller musste erstaunt feststellen, dass es sich keineswegs um einen jungen Mann, sondern um einen Mann von ungefähr fünfunddreißig Jahren handelt.

„Vielen Dank für Ihr Kompliment, da fühlt man sich ja gleich viel jünger."

Der Mann konnte sich offensichtlich ein Schmunzeln nicht verkneifen.

„Wie Sie sicherlich erraten haben, bin ich der „Vater", den sie suchten. Mein Name ist Peter Matter und Sie müssen Mrs. Miller sein."

„Woher wissen Sie denn meinen Namen?"

„Hier bei uns kennt jeder jeden, und da fällt ein neues Gesicht sofort auf. Da in der letzten Zeit außer Ihnen niemand sonst hierher gezogen ist, war es nicht schwer zu erraten, wer Sie sind."

„Es tut mir wirklich leid, dass ich sie für Ihren Sohn gehalten habe. Aber das hat man davon, wenn man aus dem ersten Eindruck heraus Schlussfolgerungen zieht. Ich habe nur gesehen, dass jemand hier an einem Motorrad bastelt. Und bevor ich sie kennenlernte, dachte ich immer, dass die Bastelei den jungen Motorradfreaks überlassen bleibt. Aber es freut mich zu sehen, dass das nicht der Fall ist. Ich bin nämlich eine Verfechterin der Theorie, dass man so jung ist, wie man sich fühlt. Und diese

pauschale Bemerkung, dass jemand zu alt für etwas ist, hat mir noch nie gefallen."
Ja, so hatte ihre Freundschaft begonnen. Als Ellen vom Einkaufen nach Hause gekommen war, hatten die beiden sich bereits geduzt, und Peter war in sein Lieblingsthema, den Motorrädern, natürlich insbesondere der Marke Harley Davidson, vertieft. Dieser Marker war er sein Leben lang treu geblieben.

„Du musst wissen, Maggie, dass Peter seine Leidenschaft für die Harley Davidsons bereits von seinem Vater geerbt hat, der einer der ersten Motorradrennfahrer war. Damals wurde von den Rennfahrern noch viel mehr abverlangt als heute, denn die Rennen mussten noch auf Pferderennbahnen ausgetragen werden. Das war gar nicht so einfach weil die Bahnen meistens holpriger waren als die schlechtesten Straßen, die Du Dir vorstellen kannst. Aber leider hatte der Motorradsport zu der Zeit nicht sehr viele Anhänger in Amerika, und so war kein Rennsportveranstalter zu finden, der eine

Bahn speziell für Motorradrennen gebaut hätte."

„Ja, Ellen, das waren noch Zeiten. Ich weiß es noch, als ob es gerade gestern geschehen wäre. Meine Mutter und ich waren bei jedem Rennen dabei. Natürlich war meine Mutter immer besorgt, dass etwas passieren könnte. Die Motorräder wirbelten ja immer eine Menge Staub auf, und es war für die Fahrer gar nicht so einfach, den Verlauf der Bahn zu erkennen. Oft kam es vor, dass Fahrer über die Absperrung hinausschossen und getötet wurden. So atmete Mutter jedes Mal auf, wenn die Rennen vorbei waren. Sie bat mich, ihr zu versprechen, nie dem Beispiel meines Vaters zu folgen und Motorradrennfahrer zu werden. Aber trotz des Versprechens blieb es bei einem so rennsportbegeisterten Vater natürlich nicht aus, dass ich bald selber Motorradrennen fahren wollte. Also bat ich meine Mutter, mich von dem gegebenen Versprechen zu entbinden. Und schließlich gab sie nach, denn sie wusste, dass sie mich genauso wenig davon abhalten konnte wie es ihr bei meinem Vater möglich war."

„Das ist ja wirklich interessant. Mein Mann hatte auch eine Harley Davidson Electra Glide, die er wie seinen Augapfel hütete und bestens pflegte. Er verbrachte mehr Zeit in der Garage beim Basteln und Putzen als unterwegs. Aber ich hatte vollstes Verständnis dafür, und die schönsten Erlebnisse hatten wir, als wir mit unserem Motorrad quer durch unser schönes Land fuhren. Ich weiß also, wie das ist. Und ehrlich gesagt, war ich oft versucht, mir eine eigene Maschine zu kaufen und selbst Motorrad zu fahren. Wenn mich nicht alles täuscht, war das eine Harley Davidson 74 aus dem Jahre 1930, die Du in der Garage stehen hast, Peter. Sie sieht übrigens sehr gepflegt aus, wenn ich es von Deinen Erzählungen her nicht besser wüsste, dann könnte man beinahe annehmen, dass ich nicht sehr oft gefahren wurde."

„Man sieht, dass Du etwas von Motorrädern verstehst, Maggie. Es ist wirklich eine Harley 74, und die Maschine hat tatsächlich viel mehr mitgemacht, als Du Dir denken kannst. Mit ihr habe ich zu meiner Zeit fast alle Rennen mitgemacht. Ich war in Doge City/Kansas, ins Greenley/Colorado, Mansfield/Ohio, San Angelo/Texas, Singac/New Jersey, Grand Island/Nebraska und Huntington/West Virginia bei den Sandbahnrennen dabei. Aber ich habe auch an ganz normalen Straßenrennen teilgenommen, wie zum Beispiel in England auf der Isle of Man. Du siehst also, dass meine Maschine und ich schon ganz schön weit herumgekommen sind. Sieh her, dies ist eine Plakette, die mir die Rennfahrervereinigung Amerikas zu meinem Abschied von der Rennbahn vor nunmehr fünf Jahren überreicht hat."

Stolz präsentierte Peter eine Plakette, auf der Folgendes zu lesen war:

„Diese Plakette verleihen wir Peter Matter, allseits besser bekannt als Freeway Pete. Du hast dich wie kein Anderer um die Weiterentwicklung des Rennsports in Amerika verdient gemacht. Ohne Dich würden wir unsere Rennen wahrscheinlich heute noch auf

Pferderennbahnen austragen. Als ganz einfacher Freizeitrennfahrer hast Du uns gezeigt, was wahrer Sportsgeist ist. Obwohl Du niemals unter die ersten zehn kamst, hast Du doch nie ein Rennen ausgelassen, und im Laufe der Jahre bist Du dann zu einer tragenden Figur des Rennsports geworden. Es gibt wohl keinen Fan des Motorradrennsports, der Deinen Namen nicht kennt. Wir werden Dich alle vermissen, Pete und wir wünschen Dir für Deine Zukunft alles Gute. Vergiss uns nicht!"

„Das ist ja wirklich ergreifend, Peter. Ist es dir denn gar nicht schwergefallen, von den Rennen Abschied zu nehmen? Wenn ich mir diese ganzen Bilder von Dir und Deiner Maschine hier an der Wand betrachte, dann muss es ja ein ganz schön aufregendes Leben gewesen sein. Das gibt man doch nicht so einfach auf."

„Ach, weißt Du, Maggie. Die Aufregung ist ja gerade das Gefährliche. Mir blieb nichts Anderes übrig, als diesen Sport aufzugeben. Mein Arzt hat mir verboten, weiter Rennen zu fahren, denn mein Herz wurde für diese Aufregungen einfach zu schwach. Allerdings fahren Ellen und ich noch häufig zu den Rennen, zwar nur als Zuschauer, aber es gibt einem immer noch das Gefühl, dabei und Teil des Ganzen zu sein. Und noch ein Trost blieb mir. Ich durfte weiter Motorrad fahren. Davon mache ich ausgiebig Gebrauch. Jedes Jahr im Juni mache ich mich auf den Weg, die gute alte Route 101 entlang, von Seattle hinunter nach Süden und zurück. Die Leute aus den anliegenden Ortschaften nehmen meine Ankunft jedes Mal zum Anlass für ein Volksfest, und ich werde deshalb schon immer mit Spannung erwartet. Ja, auf der Route 101 kennt eigentlich jeder den alten Freeway Pete und seine Black Lady, denn so habe ich mein Motorrad getauft. Weißt Du, wir beide haben schon so viel Zeit miteinander verbracht, dass diese Harley mehr für mich ist als nur ein toter Gegenstand. Und weil sie mir so ans Herz gewachsen ist, konnte ich es nicht ertragen, immer nur von der 'Maschine' zu sprechen. Also bat ich Ellen, dass sie sich einen Namen für sie aussuchen sollte, und ihre Wahl ist auf 'Black Lady' gefallen.

„Das ist ein wirklich schöner Name für ein schönes Motorrad."

„Maggie, was ist denn mit dir los? Du siehst so abwesend aus!"

Durch die Stimme des Bürgermeisters, Gregor Woddicott, wurde Maggie Miller jäh wieder in die Gegenwart zurückgerissen, mitten aus ihren schönsten Erinnerungen an die Zeit, als sie Peter Matter kennengelernt hatte.

„Ich habe nur gerade daran denken müssen, wie ich Peter damals kennengelernt habe."

„Ja, Peter ist wirklich ein außergewöhnlicher Mensch. Aber jetzt ist es wohl am Wichtigsten, dass wir uns überlegen, wie wir ihm helfen können. Was meinst Du, wie sollten wir am Besten vorgehen?"

„Ich denke, für den Anfang könnte Peter bei mir wohnen. Ich habe doch genug Platz in meinem Haus. Und Ellen wird wohl mindestens für eine, wenn nicht sogar für zwei Wochen im Krankenhaus bleiben müssen."

„Da hast du wohl recht, Maggie. Das sollte fürs Erste erst einmal gehen. Danach sehen wir dann weiter."

Maggie Miller wusste, dass es nicht einfach werden würde, den Matters zu helfen. So sehr wie sie stets bereit waren, für andere einzustehen und ihnen zu helfen, so stolz waren sie auch. Peter Matter würde niemals Geld von ihnen annehmen, auch wenn es nur mit den besten Absichten gegeben werden würde. Guter Rat war also teuer.

„Am Besten wäre es wohl, wenn wir beide erst einmal zusammen zum Krankenhaus fahren, um zu sehen, wie es Ellen geht und um Peter abzuholen. Sonst hätte er ja keine Möglichkeit, wieder nach Hause zu kommen, denn es gibt ja keine Busverbindung zu Isle of Peace. Aber ehrlich gesagt werden wir Bürger von Isle of Peace auch nichts daran ändern. Wir sind doch alle heilfroh, dass niemand daran interessiert ist, eine Buslinie durch unseren schönen Ort fahren zu lassen. Und

warum auch? Wir haben alles gut durchorganisiert. Wenn jemand, der kein eigenes Auto hat, nach Spokane oder Seattle fahren möchte oder muss, dann geht er einfach ins Rathaus. Dort haben wir einen Mitfahrdienst eingerichtet, und es findet sich eigentlich immer jemand, der ihn mitnimmt."
„Das ist eine wirklich gute Idee. Aber hier in Isle of Peace habe ich eigentlich auch nichts anderes erwartet."
„Ja, und da wir gerade niemand in Spokane haben, der Peter mit zurück nehmen könnte, wäre es wohl am Besten, wenn wir hinfahren. Außerdem würde ich mich auch ganz gerne persönlich davon überzeugen, dass es Ellen gut geht und dass sie gut untergebracht ist, nicht nur weil es zu meinen Pflichten als Bürgermeister gehört, sondern auch weil mir die beiden wirklich ans Herz gewachsen sind."
„Das freut mich sehr, Gregor. Ich habe auch keine ruhe, ehe ich mich nicht davon überzeugt habe, dass es Ellen gut geht."
Als die beiden in Spokane im Krankenhaus eintrafen, war Peter immer noch bei seiner

Frau. Er wollte sie nicht alleine lassen. Aber nachdem der Arzt ihm erklärt hatte, dass es seiner Frau gut gehe und dass sie jetzt viel Ruhe bräuchte, ließ er sich dazu überreden, mit Gregor Woddicott und Maggie Miller zurück nach Isle of Peace zu fahren, jedoch nicht ohne dem Arzt auch noch das Versprechen abzuringen, dass er Ellen jederzeit besuchen dürfte.

Die Tage vergingen und Maggie fuhr jeden Tag mit Peter ins Krankenhaus, um Ellen zu besuchen. Inzwischen hatte es sich herausgestellt, dass Ellen aufgrund der ganzen Aufregung einen leichten Herzinfarkt erlitten hatte. Aber sie war bereits auf dem Weg der Besserung, und sobald ihr Blutdruck wieder Normalwerte erreicht hätte, würde sie das Krankenhaus wieder verlassen können. Gregor Woddicott war in den letzten Tagen oft bei Maggie Miller zu Besuch gewesen, hauptsächlich um mit Peter Matter zu sprechen. Diesmal jedoch kam er einzig und allein, um sich bei Mrs. Miller Rat zu holen.

„Maggie, ich weiß einfach nicht mehr weiter. Tag um Tag habe ich mit Peter über dieselbe Angelegenheit gesprochen. Ich habe ihm immer wieder die Hilfe der Gemeinde beim Wiederaufbau seines Hauses angeboten, denn wir alle wissen doch, dass er leider nie genug Geld hatte, eine Versicherung für sein Haus abzuschließen. Aber er ist ein sturer Esel und will davon nichts hören. Er, der uns schon so oft geholfen hat, wo immer Not am Mann war, ist zu stolz, Geld anzunehmen. Er will keine Almosen. Das ist die einzige Antwort, die ich aus ihm herausbekommen konnte. Wo ist er übrigens?"

„In seiner Garage. Ach, Gregor. Er ist von Tag zu Tag verschlossener geworden. Wenn wir nicht in Spokane sind, um Ellen zu besuchen, dann hockt er in der Garage und bastelt an seinem Motorrad. Er will den Ernst der Lage einfach nicht wahrhaben. Auch ich habe ihn schon oft darauf angesprochen, was denn nun werden soll, wenn Ellen aus dem Krankenhaus kommt. Ich habe ihm natürlich versichert, dass die beiden auch weiterhin bei

mir wohnen können. Aber das ist doch auch keine Dauerlösung. Für eine Person ist das Zimmer, das ich ihm überlassen konnte, gerade groß genug, aber für zwei Personen wird es doch etwas eng werden. Ich hatte nicht viel mehr Erfolg als Du. Er sagte mir, dass das schon gehen werde."
„Ja, es wird Zeit, dass wir etwas unternehmen. Ob er will oder nicht, wir müssen ihm helfen. Außerdem kann ich mich langsam schon nicht mehr vor Anfragen retten, die aus all den Orten an mich herangetragen werden, die er sonst immer um diese Zeit besucht. Alle wollen sie wissen, wo denn Freeway Pete bleibt. Und immer wieder erzähle ich dieselbe Geschichte, manchmal sogar bis zu zehnmal am Tag Man sieht, wie beliebt Peter überall ist. Und alle waren sie enttäuscht zu hören, dass Peter von niemanden Geld annehmen möchte. Ich bin mit meinem Latein am Ende, Maggie. Was sollen wir bloß tun?"
„Noch haben wir ja etwas Zeit bis Ellen nach Hause kommt. Vielleicht sollten wir erst

einmal weiter versuchen, Peter umzustimmen und an seine Gefühle für Ellen appellieren. Und wenn alle Stricke reißen, sollten wir ihm einfach ein Haus bauen."

„Wahrscheinlich hast Du recht. Wenn er doch bloß nicht so stur wäre."

Am Freitag rief Gregor Woddicott dann bei Maggie an und bat sie, dafür Sorge zu tragen, dass Peter Matter am Freitag Morgen in seiner Werkstatt wäre. Er tat ganz geheimnisvoll und ließ lediglich durchblicken, dass ein paar Freunde von Peter eine gute Idee gehabt hätten, wie sie den sturen alten Mann überreden könnten, die dringend benötigte Hilfe anzunehmen.

Es war nicht ganz einfach, denn eigentlich wollte Peter den ganzen Freitag bei Ellen im Krankenhaus verbringen, aber mit Hilfe der Ärzte gelang es Maggie durchzusetzen, dass er Ellen erst am Nachmittag besuchen konnte. Die Ärzte sagten ihm einfach, dass man wegen der bevorstehenden Entlassung von Ellen am darauffolgenden Montag noch ein paar umfangreiche Untersuchungen

durchführen müsste, um sicherzugehen, dass sie wirklich wieder ganz in Ordnung war.
Also blieb Peter nichts Anderes übrig, als den Vormittag in seiner Garage zu verbringen, da er allen aus dem Weg gehen und auf keinen Fall auf sein Unglück angesprochen werden wollte.
Dieser Freitag war ein wunderschöner Tag, ein Tag wie aus dem Bilderbuch. Inzwischen wussten alle Einwohner von Isle of Peace, dass etwas Denkwürdiges geschehen sollte, das heißt beinahe alle, denn Peter ahnte überhaupt nicht, dass da etwas Unerwartetes auf ihn zukommen sollte.
Spannung lag in der Luft, denn außer dem Bürgermeister wusste keiner in Isle of Peace Details der geplanten Überraschung. Der Bürgermeister hatte sie alle nur gebeten, vollzählig auf dem Marktplatz zu erscheinen. Das Weitere würde sich dann schon ergeben.
Und da standen sie nun und harrten der Dinge, die da kommen sollten.
Plötzlich vernahmen sie aus der Ferne ein leises Grollen, so als ob sich ein nahendes

Gewitter ankündigte, aber dann wurde das Grollen immer lauter und eine Staubwolke zog auf. Endlich war zu erkennen, was sich da auf ihre kleine Stadt zubewegte, ein riesiger Konvoi von Motorrädern. Das mussten ja hunderte, wenn nicht sogar tausende von Motorrädern sein.

Maggie war außer sich vor Freude. In all den langen Jahren, in denen sie mit ihrem Mann das Hobby des Motorradfahrens pflegte, hatte sie nie so viele Motorräder auf einen Haufen gesehen. Aber was hatten die Fahrer wohl vor? Eigentlich konnten sie ja nur zu Freeway Pete wollen.

'Hut ab, Gregor', dachte sie. 'Das hast du wirklich gut hingekriegt!'

Die Motorradfahrer kamen vor der auf dem Rathausplatz versammelten Gemein de zum Stehen, und ihr Anführer stieg ab, um den Bürgermeister zu begrüßen.

„Willkommen Freunde. Wir freuen uns, dass ihr kommen konntet. Nun lasst uns alle zusammen zu Petes Werkstatt ziehen. Wir haben dort etwas zu erledigen."

Als sie dort ankamen, stand Peter schon vor seiner Garage um zu sehen, was denn da los war, denn die Motorräder waren ja nicht zu überhören.

„Hallo, altes Haus", begrüßte Jack Blackbeard ihn. „Wir haben Dich vermisst, und da haben wir gedacht: 'Wenn Du nicht zu uns kommst, dann kommen wir eben zu Dir.' Und hier sind wir nun!"

„Was für eine Freude, Euch zu sehen, Jungs. Ich wusste ja gar nicht, dass Ihr euch alle kennt."

„Wir kannten uns vorher auch nicht, Pete. Aber Dein Unglück hat uns alle zusammengebracht. Als Du nicht wie jedes Jahr bei uns eintrafst, da haben wir uns natürlich Sorgen gemacht, und in Isle of Peace bei Eurem Bürgermeister nachgefragt. Der hat uns dann alles erzählt. Er notierte sich auch all die Namen derer, die sich nach dir erkundigt haben. Und als Du so stur warst und Dir nicht helfen lassen wolltest, da hat er uns alle der Reihe nach noch einmal angerufen und uns um Rat gebeten. Da wir ja alle Motorradfahrer sind, beschlossen wir, uns zu treffen, um das Problem gemeinsam zu besprechen. So kam es, dass sich all Deine Freunde aus den Orten, die Du Jahr für Jahr auf Deiner großen Tour im Juni besuchst, getroffen und beschlossen haben, etwas für Dich zu tun. Es trifft sich gut, dass Du gerade in Deiner Garage bist. Wir möchten Dich nämlich bitten, bei unseren Motorrädern jeweils einen Ölwechsel zu machen und die Zündung neu einzustellen. Und dafür bekommst Du von uns dann je zehn Dollar."

„Das kann ich doch nicht annehmen, Jungs."

„Natürlich kannst Du das. Vergiss bitte nicht, dass wir diese Arbeiten so oder so durchführen lassen müssen. Und wenn wir in eine Werkstatt gehen müssten, dann würden wir mindestens das Doppelte dafür ausgeben. Also tust Du uns einen Gefallen und nicht umgekehrt."

Peter wurde von der Rührung überwältigt, und Tränen standen in seinen Augen, als er sich an die Arbeit machte. Die Einwohner von Isle of Peace jubelten und stießen Hochrufe auf die Motorradfahrer aus, dann zerstreute sich die Menge, denn Peter Matter würde viel Zeit brauchen, um die ganzen Motorräder, immerhin insgesamt zweitausendfünfhundert an der Zahl, zu bearbeiten.

Die Motorradfahrer schlugen währenddessen ihr Lager auf dem Hügel vor der Stadt auf. Sie hatten alle ihre Zelte mitgebracht, und abends saßen sie mit Peter und einigen anderen Motorradbegeisterten aus Isle of Peace am Lagerfeuer zusammen, und sie hatten alle viel Spaß.

Endlich, nach einer Woche hatte Peter es geschafft. Da insgesamt nur zwanzigtausend Dollar für den Neuaufbau seines Hauses erforderlich waren, kündigte Peter an, dass er mit den noch verbleibenden fünftausend Dollar ein großes Fest für alle, die ihm zu Hilfe geeilt waren, veranstalten würde.

Als der Tag des Festes anbrach, war ganz Isle of Peace dabei, und alle mussten sie zugeben, dass Peters Fest sogar die Hundertfünfzig-Jahr-Feier in den Schatten stellte.

Nachwort

Diese Geschichten widme ich meinem viel zu früh verstorbenen Mann und seinem ebenfalls verstorbenen Vater.

Mein Mann hat immer daran geglaubt, dass ich eines Tages veröffentlicht werden würde wenn ich dranbleibe. Er hat mir die Kraft dazu gegeben und ich vermisse ihn so sehr.

Durch seinen Tod habe ich wieder angefangen zu schreiben, denn Schreiben ist eine gute Therapie zur Verarbeitung von allem, was uns widerfährt.

Nun ist das Schreiben zur Leidenschaft geworden, und ich werde auch weiterhin Gedichte und Geschichten verfassen, die meinem Mann bestimmt Freude machen würden.

R.I.P. mein lieber Schatz!